少女福尔摩斯 ③

冰雾山庄杀人事件

皇帝陛下的玉米 著

上海社会科学院出版社

CONTENTS 目录

001 引子
006 Chapter 01

017 Chapter 02
045 Chapter 03

045 Chapter 04
059 Chapter 05

079 Chapter 06
093 Chapter 07

109 Chapter 08
129 Chapter 09

150 Chapter 10
173 Chapter 11

188 尾声

引子

天气预报说，未来一周会有暴风雪，复仇者微微眯起眼睛，告诉自己：时机已经成熟。

这简直是天时地利，一切都像演出剧目一样把节目明明白白地列在了剧目单上，现在就等着观众坐满，幕布拉开。这出名为《血债血偿》的杀人剧目，很快就能将这栋富丽堂皇的别墅染色成地狱之绝望血色。

想到这里，复仇者的胃又开始绞动，这不是因为紧张而引起的生理反应，是兴奋所致。畅快感随着血液流走全身，就连双手都在微微颤抖，像是忍不住要欢天喜地庆祝即将上演的剧目。

不，复仇者告诉自己必须要镇定，因为等一下要像外科医生那样一丝不苟地做事，任何细节都要精密到毫米级，然后将那个该死的家伙了结！虽然是第一次杀人，但复仇者已经做好了万全的准备。

或者该说，当得知娅希死亡的真相，复仇者就已经和魔鬼定下了出卖灵魂的契约。恶魔并没有教授动动手指便能达成心愿的杀人魔法。世上没有免费午餐，恶魔给了复仇者一个计划，这也是对复仇者的一个考验，复仇者不得不付出极大的代价来换取每一个机会。复仇者知道，自己必须亲手完成这个无比艰难的考验，而当考验完成的时候，那些害死了娅希却依然逍遥法外的家伙就会受到最残酷的惩罚！

仅仅是偿命？那可远远不够！他们必须得尝到比娅希死去时更残酷百倍千倍万倍的痛苦与绝望！

只要一切按照计划进行，复仇者不会为此受到任何法律制裁，甚至不会有人怀疑一切和自己有关。

那么，现在，复仇者自导自演的这出血腥剧的第一幕就要开始了。

复仇者调整好呼吸，站在这别墅的冰库前——这曾经是别墅主人引以为豪的设施。不过马上，别墅的主人想必会无比后悔给自己挖下的这口绝命棺材。

"你一定想不到是我吧，徐凌度？"复仇者因为兴奋而略显干涩的嗓音如尖刀一般抵在那个可恨又可怜的男人的咽喉上，随即为世上绝无仅有的临死前的惨烈哀号而发出愉快的笑声。

被称为徐凌度的男子赤身裸体跪伏在冰库内，皮肤已经因为低温而呈现出病态的青色，明明什么禁制都没有，他却无法动弹半分，哪怕动动手指都不行，他仅仅能转动眼珠，惊惧地盯着复仇者。

复仇者举起手里的小瓶子，在徐凌度面前晃荡着，里面透明色的液体似乎暗示着什么。

"这毒液是从一种叫慕斯美的毒蛇身上取出来的,只要几滴就能让人全身麻痹十几个小时,但意识是清醒的。这么小一瓶可是花了我很多钱呢。不过为了让你这畜生下地狱,别的都已经无所谓了。"

因为舌头被麻痹,徐凌度说不出话来,他清楚地感觉到自己的生命正一点一点地随着体温的降低而被带走,清醒着被冻死的滋味究竟有多绝望,他根本无法对人诉说,他颤抖的嘴唇非常用力才能做出一个形状,似乎是在质问复仇者,为什么自己要受到这样的残害。

复仇者压下怒火,俯下身,带着扭曲的快意在这个将死之人的耳边说出了三个字:

"胡娅希。"

复仇者的目的达到了。仅仅三个字,就给了徐凌度最彻底的一击。徐凌渡听到这个名字后眼神中闪现的惊恐和后悔,在复仇者看来真是前所未有的精彩。

后悔？现在才想到后悔，是不是已经太晚了？

"你的忏悔词就留到地狱去说吧！"

复仇者最后看了一眼徐凌度那痛苦得扭曲成一团的面容，心满意足地锁上了冰库大门。

CHAPTER 01

慕斯很期待这一次的旅行——三天两夜的雪乡滑雪之旅，况且这也是她和夏落第一次不是出于工作的需要出行，而是真正的度假。

然而，这种愉悦仅仅保持到了半路，之后她的心情就大打折扣，这完全是因为坐在驾驶座上的夏落。

"听说那里的滑雪场经过重新修整，今年会以国际化的标准对游客开放。"

"嗯……"

"而且这附近还有很多温泉浴场、温泉疗养院之类的，地下咕嘟咕嘟冒出来的饱含矿物质的温热泉水能让皮肤变得闪亮闪亮哦。"

"嗯……"

"还有地方特色小吃，我已经迫不及待想吃晚饭了。"

"所以说——你到底开对路没有啊——"

"吵死了，我不是很努力在找路吗！"

实际情况就是这样，如果不是夏落出发前一意孤行非要坚持租车自驾游，慕斯也不至于干坐在副驾驶座上，饥肠辘辘地连续看了数个小时的雪景后，她不得不接受迷路这个残酷的现实。

而夏落之所以会一意孤行要自己开车过去，完全是因为她最近刚刚拿到驾照，对这种铁包肉的现代交通工具充满了鸡血般的热情。

"我们自己开车去吧？"

这句话虽然是疑问句，但夏落显然根本没考虑过慕斯是否愿意坐她这个新手驾驶员的车一路北上。事实上，夏落说这话的时候，手里正晃着从租车行拿到的车钥匙。

慕斯简直就像被赶上奴隶船的黑奴一般，委屈地被夏落推上了车。六个小时后，她终于忍不住对摆弄不来GPS又把地图拿反了的夏落咆哮了。滑雪是要往山上去，这保准错不了，但两人目前所开的山道，根本不像是通往滑雪胜地或者旅游景区的。她们似乎在高速公路拐错弯跑到了另一个县，之后开始在辗转的路上走岔。总而言之，她们现在既滑不成雪，也找不到落脚的地方，就像没头苍蝇一样在山里瞎转悠。

"放心啦，条条大路通罗马，我们一定能找到人家投宿的。"夏落一贯的乐天性格倒是让她有十足的勇气来面对迷路这件事。

谁让她把着方向盘呢？慕斯就算有再多怨气，也不能跳出车子自己走。

"再开下去真的会开到罗马哦!"慕斯回嘴道。

"这不可能,隔着太平洋、加勒比海和大西洋呢。"夏落很正经地反驳道。

为什么不从欧亚大陆过去?尽管慕斯这么想,但说出口的话一定会被当傻瓜。眼下,烦躁的慕斯只想把手上那些宣传得天花乱坠的旅游手册甩夏落一脸。

"你别再用一本正经的解释来回应我的吐槽啦!真要被你气疯了!"

夏落突然用拉家常的语气随口说道:"不知道小缘现在过得怎么样。"

方小缘是在丧钟馆惨案中和夏落她们相识的,这个一心向往着大城市的小村警打定主意跑来A市生活,一开始借住在贝壳街的公寓里，后来终于找到了工作，才依依不舍地搬出去。当然，房东惠姐是巴不得这个老以"我借住在这里又没交房租怎么好意思，当然要用身体来偿还，就帮你洗盘子打扫吧"这样的理由弄坏各种东西的少女早点出去祸害别人，所以这个"恋恋不舍"也只是方小缘单方面的感情罢了。

慕斯露出无可奈何的表情说："小缘啊……听说很努力呢，工作倒是很有成绩，因此被派去别的城市做业务骨干，结果那个城市在她老家隔壁，哈哈——喂，不准给我转移话题！"

"我还从来没有和你一起泡过温泉哦，好期待呢！"

"我才不想和你一起洗……喂，不要继续转移话题！"

夏落完全不理会慕斯的抱怨，她乐呵呵地享受着"自驾"，好像压根不在乎自己和慕斯是不是会迷失在这白皑皑的雪山里，然后变成报纸上茶余饭后的社会新闻。

过了一会儿，她看着车窗外兴奋地喊起来："下雪了哦！"

"是啊。"慕斯也冷静下来,看向车窗外。

纷纷扬扬飘落的鹅毛大雪把这个银装素裹的世界装点得仿佛童话世界一般,这些是在钢筋丛林的A市根本看不到的自然奇景。有那么一瞬间,就连慕斯也觉得,要是时间静止在这一刻将多么美好,而生命中能有一个一起看雪景的同伴,又是多么难能可贵……

不对!

"开车的!给我看前面啊——"慕斯突然尖叫起来,她看雪看得入神,完全没注意到前面那条岔路,而车子既不往左开,也不往右开,而是直挺挺地朝着中间的路牌撞过去——显然夏落也是看雪看得太专注,忘记了方向盘在自己手里这件事。

"啊啊啊啊啊啊啊啊——"一向镇定自若的大侦探夏落也失态尖叫起来,脚底一慌,竟然踩到了油门上!

砰!

失控的汽车一头撞在了路牌上,车头顿时发出悲鸣。两人眼前一黑,脑海中似走马灯般旋转着前半生的画面,时不时还浮现已故亲人的音容笑貌……

"喂喂,你们没事吧?要不要紧?需要医生吗?"

耳畔传来拍打车窗玻璃的声音和急切的叫唤声,将慕斯和夏落拉回了现实。惊魂未定的两个人终于意识到自己还完好无损地坐在座位上,安全带和气囊救了她们俩的命,当然也多亏路上厚厚的积雪起到了缓冲作用。两人压根没受伤,最多是被吓飞了半条魂。

在撞得惨不忍睹的车子旁,有一个人正趴在驾驶座侧的窗玻璃上不停地敲打、呼喊着。

好不容易才从震荡中清醒过来的夏落木然地转过头,和那人眼神对上,尽管脑袋还在嗡嗡作响,视线也模糊不清,但她还是好好地做出应答。

"我……我没事。"夏落说,接着她又转头看身边的慕斯,"慕斯,你怎么样?"

同样刚刚清醒的慕斯也木然地转头看向夏落,脸上那无助又委屈的表情,夏落怕是一辈子都忘不了。一秒,两秒,三秒,慕斯突然脸一拉,嘴角一撇,竟然哭了起来。

"我看见了过世的奶奶在朝我招手……呜呜呜……混蛋夏落,我再也不要坐你的车了……呜呜呜呜呜呜……我要回家……"

人没事就好。

车外的那个人似乎是正巧路过的登山者,身上带了不少登山用具。那人用冰镐撬开变形的车门,把夏落和慕斯从车里拖出来。好在撞击只是损毁了车体,并没有漏油起火。要不然真的是天神下凡都救不了她们两个。

两个人的情绪慢慢镇定下来,也开始意识到自己的处境。尽管不算悲惨——在夏落看来,只要命还在,就不是什么悲惨的事情——但目前情况也确实棘手。好在还有一个第三者在场，或许能求得一些帮助。

"我叫夏落，这是我朋友秦慕斯，我们从A市过来滑雪的。"夏落首先自我介绍道。

"东云乡。"那人礼貌地报出自己的姓名，然后继续说，"你们这样没法在山里待太久，这里没有信号，没法用手机求救。如果不介意的话，前面有栋别墅，是我朋友的，你们可以到那里打电话，顺便等救援。"

"那真是再好不过了。"夏落露出喜悦的表情。

慕斯哭过之后冷静下来，尽管心里千百个埋怨，但她始终没有对夏落摆臭脸。不知道从什么时候开始，她已经习惯依赖这个每当对着食物就两眼放光，又my pace，关键时刻却意外可靠的大侦探。她小声在夏落耳边说："夏落，这样随便跟着不认识的人走好吗？"

"没问题,我觉得这人不坏。"夏落回答说。

"你怎么知道啊?"慕斯继续问。

"忘记我们初次见面时的情景了吗?有没有问题我看一眼就有数了。"

又是细致入微的观察力和明察秋毫的推理绝技吗?慕斯苦笑起来。

"你有什么证据吗?"慕斯学着伊诺在凶案现场咄咄逼人的语气问夏落。

夏落停下来,用非常认真的眼神看着慕斯,然后信誓旦旦地告诉她:"这个人救了我们,肯定不是坏人。"

这根本不是推理吧!

结果两人吵吵嚷嚷,跟着东云乡向别墅进发。

"就是那里了，我朋友的别墅。"东云乡爬上一道坡后停下来，站在风雪里伸手指向前方山顶上一栋灯火通明的两层建筑，对夏落她们说，"沿着车道，从这里到那边的山顶大概还要走半个小时，那里就是咱们要去的地方——冰雾山庄。"

夏落和慕斯抬头仰望那栋屹立于山顶之上的现代建筑，尽管那是她们可以躲避风雪并等待救援的唯一避风港，可是没来由地，她们心里不约而同地涌起一股不安。那个叫冰雾山庄的地方，在落着雪的阴云下，仿佛是一只面目狰狞的雪妖，迷惑着那些背负罪孽的人走向无底深渊。

CHAPTER 02

　　等终于站在别墅跟前的时候，夏落和慕斯已经身心俱疲。从她们撞车的地方走到这山顶上的别墅，山路虽然并不险峻崎岖，但出乎意料地远，远到两个人发誓这辈子绝对不要再参加远足之类的活动。

　　走在前头充当向导的东云乡倒是显得很轻松惬意。由于带着防风镜，夏落和慕斯并没有看清这人的容貌，自我介绍后才知道东云乡是个在校大学生，年纪应该和她们差不多。慕斯高中时就积极投身了演艺事业，大学也只是进去混了个文凭；而夏落呢，压根看不起所谓的高等教育，所有自己感兴趣的专业学科都是自学完成的。这两个人虽然才二十岁，但实际都已经在社会上摸爬滚打了许多年。所以，她俩看东云乡这个"在校大学生"，多多少少有些"现在的年轻人啊"的意思。

当然，这并非是恶意，她们只是感叹：现在的年轻人啊，体力真好！

"我在大学里参加了登山社团，像这样的山路，我们经常徒步走的，还可以欣赏沿途的风景，体验非常棒。要不是因为两位没什么经验，我一定会走那些更有风险的捷径，会节省很多时间。"东云乡这么对夏落和慕斯说。

所以说，现在的年轻人啊……

"这座冰雾山庄是登山社团一位前辈所有，其实这整个山头都是他家的财产。虽然我是自作主张，不过应该没有问题。"为了让夏落和慕斯不至于太在意路途遥远，一路上东云乡始终和夏落她们说着这样那样的事情来分散她们的注意力。这个举措确实有效，既打消了夏落和慕斯心头的疑虑，同时也迅速和她们熟络起来。

慕斯想，东云乡在学校里估计挺有人气——朋友众多，到哪儿都吃得开的那种。

在前往冰雾山庄的路上，东云乡告诉夏落和慕斯，山庄的主人名叫徐凌度，是东云乡就读的大学的登山社团的前辈，毕业之后也一直和社团的后辈们保持联系。徐凌度是当地某个地产企业的继承人，也就是所谓的富二代。一般提到这种从小衣食无忧的富二代，人们往往会联想到品性恶劣的纨绔子弟，但据东云乡说，徐凌度是个很好相处的人。如果要用什么来比喻的话，可能就像偶像剧里那种会被穷鬼男主角抢走心爱之人的悲情男二号，有钱有势，有样貌，也有能力，不会到处显摆或惹是生非，非常平易近人。所以东云乡才自作主张地邀请夏落和慕斯一起上山，想必也是料定徐凌度不会拒绝两位"遇难"的漂亮女孩。

而这座冰雾山庄则是徐凌度家的财产，一直都是他在使用。徐凌度还在大学的时候，社团除了惯例的登山活动就没再办过其他活动，于是他便提议每年的夏季和冬季各举办一次派对来增进大家的感情。当然，为了体现登山社团的精神，从山脚到山顶禁止借助任何交通工具，只能徒步上山。

这也是为什么东云乡会在岔路口和夏落她们相遇的原因了。实在是机缘巧合。

总而言之,慕斯和夏落费了九牛二虎之力才站到这栋别墅前——明明被叫成"山庄",实际上和修建于乡间的豪华别墅并无两样。慕斯内心第一个想法就是:"好像住宅区楼下的小便利店非要取名'××超市'似的,这位主人家是有多爱打肿脸充胖子啊……"

终于爬到山头的夏落和慕斯可没有什么征服山川的成就感,更没有站在山顶上高喊豪言壮语的心情,她们早就远远地看到了别墅耸立的烟囱,所以现在只想赶紧冲进去,躺在壁炉前什么也不管,先把冻僵的身体烤暖和了再说。当然,如果有一杯热饮就更棒了。

然而,在靠近壁炉喝到热饮之前,先迎接她们的并不是别墅的主人徐凌度,而是女佣。

经过上一回丧钟馆恐怖的杀人案后,夏落和慕斯心里对有年轻女佣和管家的别墅充满了阴影。这回开门的女佣给人感觉就像高中生玩角色扮演似的，不但穿着西式女仆装，长相也挺可爱，十有八九会让人联想到别墅的主人有什么恶趣味。

"三位是……"女佣不认得夏落和慕斯很正常，但不认识东云乡就有点奇怪了。不过很快，客厅里传来的兴高采烈的声音解除了这个年轻女佣的疑惑。

"是云乡啊，你是最后一个到的，大家都在等你哦。"一位打扮颇时尚的女性迎了出来。她虽然不至于像伊诺那样如同走下杂志的时装模特，但第一眼绝对让人印象深刻，齐耳短发，给人一种干练的印象，佩戴的首饰看上去也价值不菲，一看就是那种在派对上所有男性都会找机会跟她搭话的漂亮女人。

"各位学长学姐，不好意思，我来晚了！"东云乡很规矩地对聚集在别墅客厅里的几个人打招呼。

"虽然是一年级的新人，可也不用这样认真嘛！"打扮时尚的女人取笑道。

"不能这么说啊,邱冰容学姐,礼貌还是需要的。"

慕斯觉得这样的女人能够获得全世界的关照,走上人生巅峰应该只是时间问题,而夏落的判断则更加直接,如果这间别墅的主人徐凌度还没结婚的话,这个叫邱冰容的女人应该就是他的女友。

何以见得?

她戴的首饰虽然珠光宝气,非常抢眼,但并不适合这种相熟很久的朋友之间的轻松聚会,看上去像在故意彰显自己的特殊性。再者,这些首饰光泽黯淡,要么是假货,要么就是长时间没保养了。前者并不符合她一身名牌的装扮,所以后者的可能性更大。如果是后者的话,那么这些首饰应该是别人赠送的,而且戴腻了还能再得到新的,所以才没有刻意去保养。此外,这群人坐在沙发上聊天,每个人面前摆着茶杯,茶盘里的茶壶是靠近邱冰容的,茶壶的握手正对着她,这表示茶端上来之后并不是由女佣负责倒茶给在座的人,而是由邱冰容亲自倒——完全是一副女主人的姿态。但她左手无名指并没有戒指,所以应该还是在交往当中。另外，她正在减肥，也许再过不久就要穿上礼服了。

"连减肥你都推理得出来？"慕斯觉得有些不可思议。

"同样是女人，连这么明显的事情都看不出来，我才觉得你很不可思议。"夏落吐槽她。

"云乡，这两个是你朋友？"邱冰容看向东云乡身后的夏落和慕斯。

"她们在山下的岔路上撞坏了车子，雪天里两个女孩子待在那种地方不安全，所以我就自作主张带她们上来了。"东云乡也不拐弯抹角，直接说明原因。

"那可真不得了。"

邱冰容并没有不欢迎的意思，对夏落和慕斯这两个陌生人，她表现出了极大的热情。

在场的其他人也人露出在意的神色，他们请夏落和慕斯到壁炉边坐下，又给她们端上热茶。对于遇到困难的人，他们真的是非常热心。邱冰容还关切地问道："联络救援了没？人有没有受伤？我让小菲去拿药箱过来。"

　　"小菲"是那个女佣的名字，虽然年轻，做事情却很麻利，没等吩咐已经抱着药箱过来了。

　　"还有什么需要就吩咐我吧。"说话的声音也十足可爱，这个女佣从里到外都透露着"好想要抱回家养着"的气息。慕斯觉得如果她不做女佣而去做偶像，一定能大红大紫。

　　其实慕斯最近因为重回演艺圈希望渺茫，生出了"干脆当经纪人算了"的心思，培养几个知名的偶像，自己再出个书什么的……她自然不想一直做夏落的助手，整天围着尸体转悠是绝对交不到男朋友的！夏落似乎从来没忧虑过这样的问题，她对男性最感兴趣的时候，是那个人正处于胸口被刺穿躺在血泊中早已死透的悲惨境地的时候。慕斯有时候忍不住会想，夏落难道不寂寞吗？明明处在最合适谈恋爱的年纪。

思绪再回到当下,其实两个人都没受伤,只不过撞车受了些惊吓。一杯热茶下肚,四肢百骸都舒展开来,那种瑟瑟发抖的感觉就像阳光下的露珠一般蒸发不见了。慕斯这才开口向好心收留她们的人道谢:"谢谢各位能这么帮我们。"

"别这么客气,大家都会有困难的时候。"邱冰容亲切地说,"我们几个都是大学登山社团的,登山尤其讲究团队互助,一个人无法征服大自然,但是一群人相互帮忙,再高的山也能登顶,不是吗?"

夏落本以为邱冰容只是个利用自己美丽外表攀龙附凤的肤浅女人,但她的这番话意外情真意切,让人顿生好感。慕斯对邱冰容的话也很动容,觉得心中有一腔热血跟着沸腾,眼泪都快出来了,世界上果然有很多好人。

人一旦放松下来,很多情绪便无法隐藏,这是放下戒心的一种表现。一句小小的关怀,或者一个温柔的举动,都很容易让人放下戒心。慕斯和夏落受到了热情的款待,那种原本小心翼翼的态度一下子被打消了,坐在温暖的壁炉前,手中捧着热茶,在这群陌生却热情的人的环绕下,她们慢慢放松下来。随之而来的,便是夏落毫不掩饰的咕咕的肚子叫唤声。众人发出一阵善意的哄笑。

夏落觉得这是人之常情,倒是慕斯尴尬得红了脸,压低声音叫夏落收敛点,她觉得自己的这位同伴实在很没礼貌。

"呵呵,两位在山里迷路,一直都没吃东西吧?我们这里也没什么东西可以招待,不过饭是管饱的。"邱冰容说道,转向那个叫小菲的女佣,"小菲,麻烦你去准备一下晚餐吧,从冰库里多拿些牛排出来。"

"我马上去准备。"女佣小菲点点头转向厨房,走了两步又似乎想起什么来,再转身问邱冰容,"那,需要把二楼的胡小姐叫起来吗?"

"娅莉她身体太弱了,一上山就发起烧来,让她再休息一会儿。要是吃晚饭的时候还没有起来,你就送些吃的到她房间去。"邱冰容说。

"是。"小菲点点头,去了厨房。

不管是使唤别墅里的女佣,还是安排各种工作,邱冰容真的是一副女主人的姿态。

不过有件事让慕斯有些在意,她第一次听说这样的别墅里会有冰库。一想到之前那栋丧钟馆莫名其妙设计安装了一架老旧的电梯,还被用来作为杀人的工具,她就不寒而栗,但愿这别墅的冰库里别出现什么尸体才好。

这时候,夏落突然说:"能得到你们的帮助,真的非常感激。我听说山庄的主人是徐凌度先生,我想当面谢谢他。请问他在哪里?"

夏落问"在哪里",而不是问"哪位是",也许在别人听来并没有什么特别,但慕斯明白,夏落一眼扫过就已经对在场的几个人有所了解,这里并没有别墅主人。

邱冰容当然没有慕斯那么敏感,她只是无奈地笑了笑,然后说:"今天到这儿后,一直没看到他人,打电话也没有人接。真希望别出什么事了才好……"

"学长没来?"东云乡露出了意外的表情,"怎么可能?今早明明接到他的电话了啊。"

"这事很蹊跷,"一个高高瘦瘦的男人插话道,他方才自我介绍叫仇诚山,带着圆边的眼镜,眼神总是游移不定,看上去并不像很爱说话的人,"以前凌度总会在聚会前一晚亲自打电话通知大家,可这次是邱冰容给大家打的电话。"

邱冰容皱着眉头,解释道:"凌度前一晚打电话给我,声音怪怪的,他说他感冒了,要我来通知大家聚会的事情。这样一讲,我也好几天没见到他了。"

"会不会是恶作剧啊?比方说突然跳出来吓人的整人游戏?以前在社团里,学长就很喜欢和大家开这样的玩笑啊。"接话的是一个身材结实的男人,他叫章实川,其他人都叫他"阿川",面相老实忠厚,或者更确切地说,他长得"很好欺负"。他这么说的时候，脸上完全一副"绝对如此"的表情，想必吃过不少"恶作剧"的苦。

"他才不会这么无聊，真要是恶作剧，也不至于连邱冰容也一起耍啊，除非……邱冰容，你也跟着他在演戏，对不对？"虽然说话语气让人有些烦，但也并非信口雌黄，正在发表看法的这个人叫龚林杰，看上去挺轻浮，像是那种很爱玩的男人。他提到徐凌度和邱冰容时的口气，根本不像一个后辈。

夏落沉思着，她心里隐约觉得这些人的关系并没有想象得那么和睦。

"现在说什么都无济于事吧，还是想办法联络上学长吧。"东云乡焦急地说道。

"等晚饭后，如果他再不出现，我真的要报警了。"邱冰容无可奈何地说。

气氛由方才的和乐融融一下子陷入了尴尬的局面。这一切的导火索，应该就是夏落的提问。然而作为破坏气氛的始作俑者，夏落可没有半点自省的打算。她心里那种不安越发强烈了，上山前就盘踞在心头的那朵阴云越来越大，快压得她喘不过气来了。

突然，一声惊人的尖叫响了起来，一下子撕裂了屋内沉闷的空气，夏落心里的不安也如同定时炸弹一般被引爆。

"出事了！"夏落第一个反应过来，跳起来直奔发出尖叫声的方向。

慕斯马上跟着夏落跑过去，其他人随后才跟上来。

那是一种怎样的情形？用语言不太好形容。

夏落循着尖叫声从别墅的客厅跑到后边的厨房，在通往厨房的过道上看到了正趴在地板上瑟瑟发抖的女佣小菲。小菲一边哭号一边吐得稀里哗啦，似乎被什么超级恐怖的东西吓没了魂，她的正前方和厨房的出入门相对着的地方就是冰库所在。此时冰库的金属门大开着，夏落在门口站定的瞬间愣住了。

是什么?

是什么能让面对任何惨状的尸体都面不改色的侦探夏落脸色发白?

到底是什么?

慕斯想走近点看个究竟,却被夏落大声喝止:"不要过来!不要看里面!"

人就是这般不可理喻,越不能看的东西,越会被好奇心驱使去探个究竟。

慕斯不顾夏落的劝阻,当真探头看了个清楚,随即就被那巨大的恐怖击晕过去。

在失去意识之前,慕斯记得很清楚,那是自己这辈子都未见过的惨状,乃至将来的人生都必定会被这挥之不去的可怕梦魇纠缠,不停地在黑夜中惊醒。

她在冰库里所见的,是像垃圾一样被随意弃置的肉块,不是猪肉,也不是牛肉,是人类的被肢解的尸块。除了尸块和冷冻食材外,还有一眼就叫人终生难忘的血色。大片大片已经被冻成冰渣的发黑的血液,喷溅满整个冰库,就仿佛——他们置身的不是人间,不是有一群血气方刚的年轻人正在度假的山间别墅,而是腐臭、肮脏、长满蛆虫、充满怨恨的恶魔屠宰场。

"暴风雪要来了……"夏落发出了沙哑的呢喃。

CHAPTER 03

　　慕斯醒来的时候发现自己躺在别墅客房里,透过房门,她能听到从楼下传来的吵吵嚷嚷的声音。她又看了看窗外,外头呼呼地刮着大风,雪花好像要淹没这个世界一般不遗余力地砸下来。这天气异常到令人心里发毛。

　　慕斯从小到大没有遇到过这么可怕的事情,哪怕认识夏落后经历了一连串血腥恐怖的事件,也从来不曾有这样深入骨髓的痛苦经历。她强烈地想要把印在脑子里的血腥画面赶出去,但越是抗拒,画面却越发清晰。那残忍到连十足的变态杀手都会大惊失色的地狱景象,竟然就这样活生生地摆在一个柔弱女孩的面前。

稍微回忆一下之前发生的事情,她就感到全身的血液都像要冻结了似的。冰库里的画面冲击力实在太强,竟然让她直接昏了过去。就算到了现在,她还觉得双腿发软,胃里也在不停翻腾。

果然,只要跟着夏落,这辈子都别想有安稳日子过了!她简直就是个会呼吸的死神,走到哪里,哪里就会发生惨剧!

尽管如此,慕斯依旧试着从床上下来,摇摇晃晃走到桌边倒了杯水喝。等脑子完全清醒之后,她又试着走到楼梯边,沿着阶梯一步一步小心翼翼地走下去。纯木制的楼梯材质很好,踩在脚下不会发出咯吱咯吱的声响,也不会有硬梆梆的脚感。手扶着扶手,慕斯能清楚感觉到自己双腿的虚弱。她想起自己小时候曾被一条大狗瞪视,吓得腿软了一天一夜都站不起来,之后就一直被其他孩子嘲笑胆小。慕斯一直认为自己长不高和这个经历有直接关系,但她觉得,如果每个人都亲身经历一次直面死亡的体验,那么谁都没胆量发出那种轻视人的笑声。

等一下见到夏落,如果她也用轻松的语气笑话自己胆小,慕斯一定会生气给她看,并且发誓在平安回到A市后,毫不犹豫地吃掉冰箱里夏落买回来的全部点心，哪怕自己胖死也要这么报复她！

慕斯走下楼梯，看到一条通往客厅的走廊。她刚到别墅的时候并没有观察过周围环境，现在看起来，作为客厅使用的别墅大厅应该连接着两条走廊，一条通往厨房和发生了凶案的冰库，另一条则通向上二楼的楼梯以及一楼的书房。别墅设计很欧式，客房里都是落地大窗，落地窗上还有一扇能打开四十五度角的小气窗，能直接俯瞰山下的景色。

慕斯穿过走廊来到客厅，看到夏落似乎正等着她。

"慕斯，你醒啦？"见到慕斯，夏落松了口气。这个小动作虽然微不足道，但也超出了夏落平时的反应。

这个就算天塌下来都会淡定地吃着东西的家伙居然还会为自己担心？慕斯觉得自己一定是被吓坏了才会产生错觉，对，一定是错觉！

"勉勉强强算是没事吧……"慕斯有气无力地说,"不过……到底是什么情况?"

慕斯其实不需要谁来为她解答,放眼看去,客厅里的人都是一副世界末日到来前的慌乱景象。

"一定是你对不对!每次都是你被捉弄,所以怀恨在心下毒手了吧!"

"别开玩笑了!你一直跟他借钱才是关键吧!别以为我们不知道,你这家伙被放高利贷的人逼债!徐凌度不想再接济你,你就痛下杀手!"

慕斯面前是互相指责并扭打在一起的两个人——龚林杰和章实川。之前他们给慕斯留下的印象就是一个滑头一个老实,不过有句老话叫"知人知面不知心",慕斯和他们都是第一次见面,仅凭外表也不能断定什么。现在出了命案,这两个人跳出来互相指责对方,还大打出手,这就和方才热心帮忙的形象相去甚远了。

不过，这种情形真是似曾相识啊，之前的案子也发生过嫌疑人互相攀咬的事情。客厅里的家具翻倒在一边，摆设也打碎了不少，慕斯似乎错过了一场非常精彩的好戏。

再看看旁边，徐凌度的女友邱冰容哭得脸都白了，同样脸色发白的还有女佣小菲。倒是那个叫仇诚山的人，既不出来劝架，也没有去安慰邱冰容，而是一直在打电话。他的脸色同样不好看，但跟悲伤的邱冰容和吓坏了的小菲不同，他似乎在担心别的事情——比这里发生了杀人案更可怕的事情。

除此之外，还有一个慕斯没见过的人，是一位很安静的女性，全身裹在毯子里，脸色红得不正常，正安慰着邱冰容。

这就是之前提到过的一到山上就发烧的胡娅莉吧？还有，和她们一起来的东云乡不在客厅里，是回房间了吗？

慕斯知道夏落一直有自己的想法，在事情水落石出之前，她不会告诉慕斯任何线索。但作为大侦探的"聪明"助手，在案件发生时很不上道地直接询问真相，也是她应尽的义务，所以慕斯完全放弃了思考，跳过过程去追求那个终极答案。

"你知道谁是凶手吗？杀死徐凌度……嗯……是叫徐凌度吧？"慕斯压低声音，悄悄地问夏落。

夏落白了慕斯一眼，像是训斥看电影时不停追问情节的麻烦精一样对她说："你怎么知道死的是徐凌度？人都被切成一块一块了。"

"不是说他失踪了吗？现在冰库里有尸体，不是他，还能是谁？而且……不是有……"慕斯实在不想说那个字眼，犹豫了挺久才鼓起勇气，好像要对暧昧了七年的挚友告白似的，艰难地开口，"不是……还有头吗……"

"头是有的，他们不敢看，我自己拿了照片比对，应该是徐凌度。"夏落平静地说道，如同在谈论路口便利店的薯片正在半价促销。

但慕斯无法忽视这个可怕的事实——夏落刚才曾拿起一颗死

人的头盯着看……

　　夏落当然注意到慕斯铁青着脸不自然地往旁边挪了一点,但她没在意,而是继续发表自己的看法:"不过,这种杀人案,没有法医鉴定我们是不能随便断定死者身份的。我见过很多拿别的尸体偷天换日的案子。我刚才试着拼了一下,尸块确实能拼成一具完整的人体。只能姑且认为,这是徐凌度被肢解了的尸体。"

　　慕斯不得不重新审视夏落,能面不改色地"拼装"尸块,还能冷静分析案情,这到底是多么强大的心理素质!她认识的夏落明明是个会因为没买到限量供应的芝士蛋糕而闷闷不乐一整天的人……

　　夏落一直靠在门廊上,置身事外地看着客厅里吵吵闹闹的景象,她嘴里含着一颗糖,漫不经心地在舌尖和齿间翻滚,她通过这样的方式让自己思考。有一个巨大的谜团正摆在她的面前,同时有把关于真相的至关重要的钥匙已经在她的手里,只是,她目前还不知道应该插进哪个锁眼。

这一次，夏落并没有急于参与进来，而是把每个人脸上的表情都仔仔细细过滤了一遍又一遍。这不像平时的她，以往她总是第一时间跳进案情中，迫不及待地检查现场，然后雷厉风行地盘问每个人。

"夏落，你怎么了？今天的你不太对劲……"慕斯的细心也超乎寻常，这倒不是因为和夏落在一起久了，学会了察言观色的本事，她只是凭借女性的直觉，发现了身边这个朝夕相处的人的不寻常。

慕斯内心其实是抗拒这一点的，不知不觉间夏落已经变成了她生活中至关重要的一个人，一举一动，一颦一笑，她都看在眼里。不，就算不用看，慕斯也能感觉得到夏落，通过夏落的呼吸，通过她睫毛的起伏，还有她眼神中的欲说还休。所以哪怕夏落会因为天冷而跑到慕斯的房间和她挤一张床，或者从浴室出来一丝不挂地在她面前晃荡，甚至完全不在意慕斯咬过一口的饼干或喝过一口的饮料，抢过去就往嘴里送，慕斯也从来不会说"别乱摸啊""害不害臊""你不嫌脏吗"这种话，因为她早就习惯了这一切。

如果是以前的夏落,听到慕斯说她不对劲,多半会反驳说"你会这么觉得是因为什么什么原因",然后长篇大论一堆推理,或者直接不解释,让慕斯自己一个人胡思乱想去。然而这一次,夏落非常郑重、非常严肃地按住慕斯的肩膀,对她一字一句地说:"慕斯,这一次你必须要听我的,无论如何都不能离开我身边,明白吗?"

"到底怎么回事?"慕斯不是笨蛋,一看夏落的脸色就知道她没有开玩笑。这样的夏落她从来没见过,仿佛两个人此时不是在雪山上的温暖别墅里,而是在风暴中马上要沉没的渔船上。哪怕是求婚都不会用这种方式认真说话的夏落,实在令慕斯心里不安。

"喂喂,你倒是说个明白啊?"慕斯追问道。

就在这时,别墅的大门被推开,一身雪花的东云乡狼狈地走进客厅,说:"这下完了,下山的路彻底被堵住了!虽然可以从旁边很陡峭的地方爬过去,但这种天气攀岩会把命搭进去的。这下我们全被困在山上了!"

"什么？！"慕斯大为震惊，被困在山上是什么意思？

龚林杰和章实川闻声也停止了互相攻击，转而一起对东云乡大声呵斥道："别开玩笑了！你看清楚了没有？怎么可能下不了山？"

邱冰容也被吓得停止了哭泣，用绝望的眼神看着东云乡。

至于胡娅莉和小菲，这两个人的脸上却是另一种耐人寻味的表情。

"手机也打不通，暴风雪影响了信号。"仇诚山失落地说。

面对灾难，一千种人会有一千种表现，但不外乎都是为了自己。当求生意志大于所有念头的时候，哪怕前一分钟面对的是和自己势不两立的杀父仇人，下一秒也会放下情绪，好好说话。当然，也会让一个从来不敢捏死虫子的人变成失去理智的野兽。这些把登山当作一项生命中愿意付出高昂代价的爱好的人，似乎比普通人有更强烈的求生本能。无法断言这种意志究竟是好还是坏，从生存角度来看，为了自己能够活下去而放弃一切是无可厚非的，因为生命高于一切。但从道德角度来看呢？

"夏落，到底怎么了？我昏过去之后发生了什么事情？"慕斯再次拉了拉夏落的袖子，无论如何都想要知道原因。

夏落叹口气，说："发现尸体以后，我们马上就报警了，警方说因为天气的原因可能需要几个小时才能赶来。但没过几分钟，外面就传来了爆炸声，我们出去一看，通往这栋别墅的唯一的一条山路被崩塌的石块和雪堆掩埋了，要到明天早上道路才能打通。现在暴风雪来了，据说会持续到明早，也就是说，救援要更晚才能来。所有不利的情形使这栋别墅孤立了。"

"爆炸？怎么会有爆炸？"慕斯听得毛骨悚然。

"你还不明白吗？"夏落对慕斯说，"虽然暴风雪是客观的天气，但也能够被预测到，所以包括这一点都算在内，炸掉山路也好，制造恐怖气氛也好，有人想把我们困在山上。"

"为什么？"明明知道答案，但慕斯还是本能地脱口而出这三个字。其实就算夏落不说，她也猜得到是怎么回事，只是，这个结果真的异常恐怖，她强烈地不愿承认。

"为什么？"夏落环顾现场的所有人，一字一句、清清楚楚地把答案说了出来，"当然是有人不希望我们逃出去，他还想继续杀人，而且……"

夏落顿了顿，把后头的话咽了回去。

但慕斯依旧明白夏落想说什么，她太了解夏落的说话方式了。那句现在还不方便对所有人说的，关于这起事件的无比可怕的事实——

"……而且很明显，这个心怀强烈恶意的杀人凶手，就在我们几个人当中。"

夏落一定是想这么说。

CHAPTER 04

　　第一步非常顺利，大家都被冰库里那血腥的一幕吓得魂不附体。一想到这，复仇者的心情就好得不能再好，连外面呼号着的暴风雪仿佛都在为这场精彩的剧目鼓掌。复仇者期待着这些罪孽深重的家伙快点想起来，想起他们对娅希所做的事情，然后深刻地明白他们眼下所面对的困境完全是咎由自取！既然法律无法惩罚他们所犯的罪，复仇者只能亲手制裁他们，让他们好好体会娅希所遭受的磨难。不管是求饶也好，忏悔也好，赎罪也好，在他们下地狱之前，复仇者一定会让他们带着最恐怖的绝望去死。

　　不过，复仇者也没有料到，这本该没有观众的演出，竟然会有两个局外人意外加入。虽然和计划稍微有些出入，但并不影响复仇者的表演，反而会有更多人证明复仇者的清白。既然舞台已经布置妥当，那么第二幕就该上演了。想到这里，复仇者紧紧捏住了口袋里的小瓶子，里面装着碾成粉末的安眠药，等他们吃下，到了深夜，就能为娅希献上第二个祭品了。

发生了那么血腥的事件，本是抱着度假的心态前来的青年男女们现在已经完全没有那种轻松惬意的心情了，而本来万分期盼温泉和滑雪之旅的慕斯也陷入了深深的烦闷中。尽管死者和她没有任何关系，但一条生命竟以如此血淋淋的形式终结在她眼前，叫她怎么能安心？

说到安心，现在唯一能用这个词形容的大概只有夏落了。在看过那种场面之后，还能心平气和吃东西的，就只有她一个。

"夏落……你真吃得下去啊？"慕斯小声问。

"这土豆色拉虽然淡了些，撒点盐就可以了。配菜虽然生了些，但挺健康。用的色拉酱虽然不是低脂的，但我反正吃不胖。没有什么吃不下的呀。"夏落脸上写着"马马虎虎"四个字，对晚饭做出评价。

"我不是说味道啦！"慕斯翻着白眼，对夏落跳出常人逻辑的思维方式感到万分无奈，"你看过杀人现场，还摸了切碎的尸体……你怎么还吃得下去啊……"

夏落停下手，理所当然地回答慕斯："现在都晚上八点了，救援起码得后天早上才会到。要是不吃些东西，等警察到的时候，找到的尸体可就不只冰库里那一具了哦。"说完，她吃掉了盘子里最后一口色拉。

慕斯觉得夏落说得有道理。哪怕真的没有食欲，但人始终战胜不了生理反应，肚子饿到不行的时候，也会觉得这盘吃起来淡而无味的土豆色拉很美味，再不济，就像夏落说的，撒点盐就能吃了……其他人也这么认为吧，纷纷开始进食。慕斯在这沉闷的气氛中抬头环顾，每个人都是一副心事重重的样子。

龚林杰和章实川之前还打过一架,现在居然还能坐在一起吃饭。龚林杰拿起桌上的盐瓶往自己的色拉上撒盐,章实川也想要盐瓶,但他没有开口,而是等龚林杰把盐瓶放回原处才拿过去用。似乎是为了故意激怒龚林杰,他拿盐瓶的时候用餐巾仔仔细细地将其擦了一遍。龚林杰看在眼里,嘴里的食物自然变得难以下咽。最后他只吞了一口土豆便丢下餐具,去沙发那里抽烟了。章实川的身材比龚林杰壮实很多,真动手的话,没人认为龚林杰能有什么胜算。

这就是慕斯想不通的地方,看起来两人并不是真的有仇,纯粹只是因为对方的一些小缺点而互看不顺眼罢了。虽然慕斯仅仅看到一个可笑的收尾,并不知道两个人是如何打起来的,但她始终觉得,这种小学生级别的互相挑衅的方式,更像是刻意做出来给人看的。

而沉默寡言的仇诚山从头到尾都是一言不发,但眼镜遮不住他游动的视线。慕斯注意到,他偷偷打量了胡娅莉好几次,尤其是当胡娅莉去拿盐瓶的时候,他还刻意伸手去碰人家。这种行为如果解释成他偷偷喜欢胡娅莉的话,未免有些猥琐……

众人就这样食不下咽地吃着自己盘子里的东西，仿佛进食只是出于本能，而不是在享受一顿难能可贵的晚餐。

为什么要说难能可贵？

因为本该负责做饭的女佣小菲吓到腿软，看见冰箱里的肉就吐个不停，于是东云乡自告奋勇负责做饭。可事实证明，吃下这顿味道极淡的晚餐也只不过比饿肚子稍强一些罢了。东云乡似乎只会做土豆色拉这种简单的菜色。不过，就算把冰箱里的肉拿出来烹调，估计也没人吃得下去。

"我做饭的能力只有这么点，让大家笑话了……"东云乡这话并不是谦虚，因为深知自己厨艺有限，所以只能求大家凑合。

不过也没人和东云乡计较这些事，现在这种情况下，能勉强自己张口吃东西就已经很努力了，一想到冰库里那地狱般的情景，谁不是一阵阵反胃？哦，夏落不是。东云乡自己倒是吃得挺香，那种淡而无味的土豆色拉即使不撒盐也吃了两盘。

"难道还在长身体?"慕斯没来由地想。

"小菲,你不吃吗?"

在所有人当中,唯一还没动盘子里的东西的,就只有女佣小菲了。说来也奇怪,这里的人似乎并没有真正把她当女佣,并且很自然地让她坐下和大家一起吃饭。也许因为她是这里年纪最小的女孩,又是被吓得最严重的,再加上长得可爱……总而言之,她受到了特别的照顾。

小菲听到胡娅莉喊她,才从走神的状态回过神来,摆摆手为难地说:"……我吃不下……"

"不吃会饿的。"胡娅莉劝了她一句,好像妈妈在安慰挑食的女儿似的。

"小丫头,都什么时候了,你倒是搞搞清楚!没人逼你吃这些。你要是想吃肉的话,冰库里有很多。"仇诚山终于说话了,但是这话说得实在尖酸刻薄。

小菲一听到"冰库"两个字,就挡不住脑海里那冲击性的画面,差一点又哭出来。

"阿诚!够了。"邱冰容严肃地提醒他,然后转头安慰小菲,"小菲,等一下你早点去休息,这里我们自己来收拾就好了。"

真是大好人,慕斯心想,仿佛看到邱冰容身后散发出了圣母的光辉。

小菲点点头,稍微振作起精神,开始一点一点吃盘子里的色拉。

"真是听话。要盐吗?"邱冰容把桌上的盐瓶推向小菲。

"谢谢冰容姐……"小菲很礼貌地道谢,又像是想起了什么,说,"冰容姐,你不吃了吗?你才吃了两口……"

"我……也吃不下。"邱冰容欲言又止,摇摇头之后淡淡地笑了一下。这悲伤的笑容让她看起来无比可怜。也难怪，男朋友被人杀害，自己和朋友们又被暴风雪困住了，还要打起精神安抚大家，她大概是累坏了。

这时候，夏落站了起来，她是在场唯一一个吃饱了的人，用中气十足的嗓音说："各位请听我说一句，徐凌度先生的事情让人很难过，但你们应该也明白，如果是普通的凶杀，根本不会这么残忍。而我们之所以被困在山上，也和这起事件脱不了干系。虽然这么说会引起恐慌，但我还是要提醒各位，这案子的受害人可能不只一个，我们每一个人都可能成为凶手的下一个目标。所以，接下来请不要擅自行动，以免遭到不测。"

"那两个两个一起就可以了吧？"龚林杰无所谓的态度让人奇怪，明明身边的人都虚实莫测，但他好像很笃定自己不会成为受害者。

"你确定和你一起的人不会是凶手？"夏落反问他。

龚林杰当然听不得这样的话，却也无法反驳，只好故作生气地激夏落道："小姐，你不过是上山来求助的，未免太嚣张了吧！你以为你是谁啊？福尔摩斯吗？"

"对，我确实是一个侦探。"夏落毫不犹豫地承认。

如果众人在前一秒还因为夏落那令人不愉快的发言而带着怪罪的眼神的话，那么从夏落坦言自己是个侦探开始，他们看她的眼神就都变了——那分明是各怀鬼胎的眼神——有惊恐，有深思，还有惴惴不安……

"又来了……"慕斯叹了口气。刚到别墅的时候，这些人的热情让她感动，现在看来，那也不过是画在面具上的另一张脸罢了。

章实川咋呼起来："这可不是闹着玩的！你的意思是我们当中有个人是凶手？"

"我可没这么说。"夏落没有承认，语气也不像是在否认，"我只是提醒大家，在我把真相查清楚以前，我们每个人都不安全。"

"说什么鬼话！其实你和你身边这个矮子才是凶手吧？说自己是侦探，呵呵，我还说我是首相呢。突然跑到深山里的陌生人怎么说都比我们可疑吧！还有你，东云乡，是你把她们带上山的，这事你也有嫌疑。"说出这些阴毒的话的是仇诚山。慕斯觉得他的沉默是有原因的，这么一张臭嘴要是不闭上，早就众叛亲离了。

"这……"东云乡显然没有想到自己会受到波及，一脸"哑巴吃黄连"的表情。

"太气人了！夏落，我们走，让他们自己和凶手一起过夜吧！"慕斯猛地站起来，气呼呼地说道。也不知道她生气究竟是因为有人说夏落坏话，还是因为被称为"矮子"。

但夏落显然不想和慕斯一个鼻孔出气——

"走去哪里？不是说过下山的路被堵了吗？你想在雪地里过

夜的话,不要拉着我哦。"

"喂喂!我可是在帮你哎!"慕斯觉得自己无故被夏落从身后补了一刀,十分恼火。

夏落示意慕斯暂时别出声,让她把话说完。

"仇诚山先生,你说得没错,我和我的朋友确实脱不了嫌疑。可同样地,在场的每个人也都和我们一样。现在不是比谁更大声的时候,我想那个凶手一定正躲在暗处高兴地看着我们互撕吧?"夏落锐利的目光扫了一圈,在每个人脸上都停留了一下,"我现在只能提醒大家,今晚早点回房间,先检查一下房间里有没有被装窃听器或者别的机关。睡觉前务必锁好门,无论谁敲门都不要开。等明天早上看天气有没有好转再做打算。"

"另外,我再确认一件事,这里的电话只能打内线吗?"夏落目光锁定小菲。

小菲点点头,说:"是的,别墅里的电话是内线电话,方便各个房间之间联络。但是我来的时候，发现电话线被割断了。打外线的话都是用手机，不过现在也没有信号。"

夏落明白了，接着问小菲："这别墅的钥匙都在你那儿吗？"

"在这里。"小菲一边说着一边从兜里拿出一张卡片，"因为是酒店式的房间设计，所以每间房间都是用磁卡来开启，关上门后会自动从内侧上锁，房门上还装有保险栓，只要待在房间里，还是很安全的。"

小菲接着说："我手里的是备用钥匙，可以开这里任何一间房间。而每个人各自的房间钥匙我都已经交给大家了，不过，我没有料到会有意外的客人……要是不嫌弃，两位睡我的房间好了。我去娅莉小姐的房间住，也方便照顾她。"

"可以把这把备用钥匙给我看看吗？"夏落问。

小菲把磁卡交给夏落。

然而夏落接过钥匙后,当着所有人的面做了一件意想不到的事情——她转身把备用钥匙投进了熊熊燃烧的壁炉。

在所有人的注视下,她镇定自若地说:"现在备用钥匙已经毁掉了,你们保管好自己的钥匙,这样才不会给凶手可乘之机。最后,务必记住我的话,不管是谁敲门,千万不要开!"

入夜,暴风雪依然呼啸,一点减弱的趋势都没有。在漆黑的夜里,被恐怖和不安笼罩的山顶别墅就像一个孤立无助的孩子,在皑皑白雪中瑟瑟发抖。

别墅里虽然有暖气供应,但说不清道不明的肃杀气氛还是让人忍不住打哆嗦。所有人都听从夏落的忠告,都紧紧反锁了自己的房门,早早缩到被窝里,等着这场该死的暴风雪过去。就像夏落说的,只要不开门,凶手无论如何都进不来,不是吗?

不管是谁……

不管是谁?

就这样，众人心烦意乱地过了一夜。到第二天，暴风雪停止了，但依然有雪花飘飘扬扬。众人对于救援到来的希望又多了几分，可同时，恐惧也加倍了。

因为他们发现了邱冰容的尸体。

邱冰容死在别墅后院的雪地里，如同被邪恶的东西诅咒了一般，穿着单薄的睡衣，张大着眼睛，浑身发青。在她尸体的周围，除了雪还是雪，连个脚印都没有，就好像她是凭空落到这片雪地上。绝对不是以人的力量能够做到的可怕谋杀，在无法逃离的冰雾山庄里再次上演！

CHAPTER 05

将时间倒回两个小时前,邱冰容的尸体还没被发现的时候。

时间大约在早晨七点,女佣小菲轮流敲响各个房门。

"早餐已经准备好了。"

因为内线电话无法使用,她只能一个一个房间敲过来。为了不打扰客人休息,每个房间她只提醒了一次。尽管她的脸上满是疲惫和不安,但份内的工作依旧好好地在做。

夏落前一晚睡得非常死,听到小菲敲门才迷迷糊糊地醒来。

她从来没有这么累过,虽然经历了车祸、爬山路,再加上恐怖的变态杀人事件,但她自问也不至于疲惫成这样,除非是……

"慕斯,醒醒!"夏落推了推睡在身边的慕斯,因为小菲的房间只有一张床,她们只能将就睡一起了。慕斯的状态和夏落也差不多,她挣扎着睁开眼,眼球上布满血丝,同样显得很疲惫。

夏落一看时间,早上七点过十分,再看看窗外,因为室内外温差的关系,窗上雾蒙蒙的,什么也看不见。于是,她就去推落地窗中间的气窗,费了些力气才推开结了冰的窗户,看见天气已经转好。雪还在下,但不再如前一晚那般让人寸步难行。

"救援行动应该能够进行了。"夏落想。

"夏落……饿了。"慕斯软绵绵地说道。她醒来第一句竟然不是"早安",实在稀奇。一般来说,早上一睁眼就说肚子饿的都是夏落。

"洗漱一下,下楼吃早饭了。"夏落对慕斯说,接着又像是想要确认什么重要的事情，换了认真的语气问慕斯，"昨晚，你有没有听到什么声音？"

"嗯？你有打呼噜吗？"慕斯边穿衣服边随口回答。

这句话换来了夏落掐她腰肉的报复。

"哎哟！好吧，我什么都没听到，昨天真的太困，好像一爬到床上就睡着了。"

"我也是……这不正常……"夏落皱着眉头，若有所思。

"喂喂，那要按正常的情况该怎么样？"慕斯斜着眼睛看夏落，脸上露出不放心的神色。

"当然是……"夏落这个侦探做得实在敬业，对于慕斯的疑问，她不惜亲身示范给予解答。她爬到床上，像一只企图偷腥的猫，小心翼翼地靠近慕斯，直到两人的脸近得快要贴在一起。她看着慕斯的眼睛，从后者的眼神里读到了慌张的情绪。

夏落盯着慕斯的眼睛看了好一会儿,才坏笑着说:"你扣子扣错位了,我帮你扣好。"

"哎?"慕斯眨眨眼,夏落已经用迅雷不及掩耳的速度把慕斯的上衣重新扣好。

最后她笑眯眯地问慕斯:"你刚刚在想什么啊?"

枕头大甩脸——这就是慕斯的回答。

梳洗完毕,穿戴整齐,夏落和慕斯从二楼走到餐厅。此时,小菲正把早餐端上桌。

"你好些了吗?"夏落问小菲。

"谢谢,我已经没事了。"小菲点点头,把夏落的早餐端到她面前,盘子里是很简单的土司、煎蛋、色拉,还有牛奶,依旧没有肉。

"看来心理阴影不是说忘掉就能忘掉的。"慕斯小声对夏落说。

"今天救援会到吗？我们能吃的东西不多了……实在不行就只能去冰库里……"说到后面，小菲的声音戛然而止，她真的不想再去碰那扇冰冷的大门。

发现尸体以后，除了夏落勘察现场进去过一次之外，没有人再去过冰库，因为尸体本来就已经冻成冰坨了，不用再担心放太久会怎么样，所以夏落只是关上冷库的门，再在门外象征性地拉上警戒线而已。正因如此，别墅里的人只能吃冰箱里仅存的食物。一两天没关系，雪再下个不停的话，可就要断粮了。到时候会演变成怎样难看局面，可真不敢想象。

"会的，我们昨天不是联络过吗？等雪下得小一些之后，再试试能不能打通电话。会好起来的。"夏落一边安慰小菲，一边转头四顾，问道，"其他人呢？"

在餐厅里吃早餐的只有龚林杰、东云乡和章实川，没看到邱冰容、胡娅莉，还有仇诚山。

"可能还在睡吧。"龚林杰嘴里含着食物咕哝着，也不在意在场的女性是否会露出不愉快的神色。

"娅莉小姐还在房间里，我等下把早餐给她送过去。冰容姐和仇诚山先生我就不清楚了，我敲门的时候他们没有回应……"

"不会有问题吧？"龚林杰虽然这么说，但他的语气和神态并非是在担心他们两个，反而有种巴不得他们出点什么事情的感觉。

夏落看在眼里，故意不去追问缘故，而是问他："昨晚有听到什么声音，龚林杰先生？"

"我一向睡得很死，侦探小姐。"龚林杰在"侦探小姐"四个字上刻意加重语气，摆明着想挑衅夏落。

"那你呢？"夏落又转向东云乡。

"什么都没听到啊。"东云乡的表情不像龚林杰那么讨厌，但因为不知道夏落这么问的用意，反问了一句，"这个和之前的杀人案有关？"

"不。"夏落摇摇头，"就是有一些在意罢了。我认为凶手不会就这么简单地收手，否则也不会这么大费周章把我们困在山上。"

"也许这个家伙就是个变态，想要玩弄我们呢？杀人犯的心思我们普通人哪儿猜得到？"

虽然东云乡说得没错，但夏落认为凶手绝对不是疯子或者心理变态，他把每一步都安排得妥妥当当，甚至考虑到了天气的因素，然后精密地实施杀人计划。唯一的意外就只有她们两个不速之客而已。这样的家伙，做每一件事都一定有他的理由，不可能这么随便。

"章实川先生，你昨晚睡得怎么样？"夏落转而问章实川。

"睡得很死,要是有发出声音我估计也听不到吧。说也奇怪,发生了这样的事情我居然还能睡得着,真佩服自己的适应能力啊。"这个看起来老实憨厚的男人还没吃早饭就已经抽了两根烟,显得非常焦虑。他和龚林杰两个人刻意坐得很远,但是一直没有停止过眼神交流。

这顿早餐的气氛并不愉快,外面依旧雪花飞扬,天气就好像众人的心情一般,完全看不到放晴的迹象。

与此同时,在别墅二楼最里面朝南的房间里,胡娅莉吃过小菲送来的早餐,正坐在床前发呆,手机屏幕的亮光映着她的脸,手机没有任何信号,可胡娅莉还是出神地看着。她神色变幻不停,看起来心事重重的,也不知到底是在害怕,还是在心烦。

"烧倒是退了,不过还需要多休息啊,娅莉。"之前称呼她"娅莉小姐"的小菲,现在却突然改口喊起了昵称。

"小菲,你……害怕吗?"胡娅莉问小菲。

"看到那家伙的尸体时确实被吓到了。不过……"小菲轻松地笑着，和之前那个被吓坏的楚楚可怜的小女佣简直判若两人，"我又不是没见过尸体，这种程度还能接受啦。"

胡娅莉对此并不怀疑，又问她："那个夏落你怎么看？"

"是个麻烦……没想到她竟然是个侦探。不过不用担心，她应该看不出来我是乔装成女佣混进来的。"

"小菲，我们还是收手吧……我怕……"胡娅莉看上去很不安，话到了嘴边却又说不出来。

"娅莉！"小菲突然正色起来，"相信我，不会有问题的。"

"可我不想你为我这么冒险……"

"那娅希姐的仇就不用报了？"小菲突然提起让胡娅莉不愿回首的往事，"我们来这里不就是为了这个吗？"

"我……"胡娅莉想要解释,却发现任何解释都不过是为了掩饰自己的懦弱。最终她放弃了劝说,坚定地点点头,"你说得对。那些害死姐姐的人,我不会放过他们!"

小菲脸上的严肃退去,又变成那个人见人爱的美少女。她走到胡娅莉床边,轻轻揽住她,让她的头靠在自己胸口,枕着心跳,一下一下,好像在把自己心里的想法一点一点传达给对方。

"是的,我们说好的,绝不会放过他们……"

一直到早上九点,夏落才见到仇诚山下楼。他的样子简直就像刚跑了一场马拉松,疲惫异常。

"你一夜没睡吗?"夏落问他。

"是睡得太沉了!昨天的事情真折磨人,我连安眠药都不敢吃,怕那个凶手趁我睡觉的时候溜进来杀我。"

"结果还不是睡过去了,还一睡睡到这么晚。"慕斯暗暗想。

"只要你锁好门,凶手应该是没有机会的。"夏落告诉仇诚山。

"应该没有机会就意味着还是有可能有机会咯。"仇诚山又挑着刺,蔑笑着看向夏落,这种挑衅的态度诚心是想给这位大侦探难堪。

自从夏落表明自己的身份,仇诚山始终没给过夏落好脸,好像他天生排斥侦探这种存在似的。又或者,其实他是在害怕夏落?所以才如同一只张牙舞爪的豪猪,愚蠢地对她竖起了尖刺?

"你说得确实没错。"夏落点点头,她既没有气也没有恼,泰然自若地对仇诚山说,"我遇到过很多案子,凶手总是有各种办法通过反锁的房门,将里面的被害人杀死,事后再大摇大摆地离开。这些人把自己的聪明用在犯罪上,真令人感到悲哀。但世上不存在完美犯罪,凶手再怎么精密计划都会留下蛛丝马迹,我也都是凭借对这些线索的紧追不舍,最终才能把真相解读出来。

通过不在场证明来为自己开脱的经典案子尤其多,吃早饭的时候我和大家分享了一些。仇诚山先生一个人睡到现在,错过了不少好故事,如果你有兴趣,在救援来之前,我们可以找时间再聊一聊。"

夏落在"一个人"和"睡到现在"两个词上加强了语气。

仇诚山不是笨蛋,什么不在场证明,什么一个人,他一听就明白,这是夏落在反击。如果这时候真的再死个人,一直在房间里的他肯定会成为第一个被怀疑的对象。偏偏,他又无法反驳,只能装听不懂。

"不知道你在说什么!"仇诚山摆摆手,也没兴致再吃早餐,转身想上楼。

"仇诚山先生,"夏落叫住他,"你看到邱冰容小姐了吗?"

"没看到!"

仇诚山这时的表情不太自然,神情也和先前同夏落打嘴仗时稍微有些不同。每次提到邱冰容,他总表现出一些厌恶的情绪,就好像因追求未果而怀恨在心。

"慕斯,我们去看看邱冰容吧。我有种不好的预感。"夏落说罢,也站起来。

与此同时,东云乡、龚林杰和章实川也纷纷站起来,生怕自己落单会有个三长两短似的。他们也不想一想是谁一大清早一个人起来做早饭又穿过走廊——叫他们起床,这几个人的胆子连个小女孩都不如。

二楼的房间整齐地分布在走廊的两侧,一侧朝南,一侧朝北。夏落和慕斯睡在朝南的第一间,也就是女佣小菲的卧室,对面是储物间。邱冰容的房间是走廊尽头的主卧,和胡娅莉的房间相邻。这点大家并不奇怪,既然她处处以女主人的姿态自居,睡在主卧也是理所当然的事。不过徐凌度已经死了,她一个人在那房间里,难道能睡得安稳吗?

夏落他们走到主卧门前,仔仔细细检查了门锁,确定是锁上的,没有什么异常,夏落才敲门喊道:"邱冰容小姐,你起来了吗?"

回答她的只有寂静的空气。

"邱冰容小姐!"夏落又重复了一遍。

依然无人应门。

这时候,小菲从胡娅莉的房间里走出来,她手里端着餐盘,看到大家聚集在主卧门前,脸色微变。

"出了什么事?"小菲怯生生地问道。

"小菲,你早上来叫门的时候,学姐起来了吗?"东云乡问她。

小菲思索了一阵,微皱着眉,告诉大家:"冰容姐没有回答我，我不知道她起来了没有。"

"那昨晚呢？你睡在娅莉小姐房间里，有没有听到隔壁有什么动静？"慕斯跟着问。

小菲的脸莫名红了一下，但她并没有说多余的话，只是摇摇头。

"不行，无论如何都要确认一下。"夏落面色凝重起来，转身对身后的龚林杰和章实川说，"能不能请两位把门撞开？"

"撞门？"龚林杰和章实川面面相觑，一时间无法做出决定，毕竟这是人家的别墅，这么做实在不妥当，"说不定邱冰容其实安然无恙，只是刚好在洗澡才无法应答呢？要不先等等看？"

"不能等了，如果真的是误会，所有后果我来承担，现在请你们把门撞开。要知道，我们现在还没有脱离险境，一刻都不能大意！"夏落严肃地警告大家。

龚林杰看看章实川，两人交换了一下眼神。

"豁出去了！"

这两个大男人自然也不想被困死在这别墅里，如夏落所说，现在真的是有一点风吹草动就让人提心吊胆的。徐凌度被人残忍杀害，身为他女友的邱冰容可能也有危险。虽然徐凌渡和邱冰容平时为人不错，可曾经发生过的某件事，他们都撇不开干系。如果这次的杀人事件真的是因为过去的那次惨剧而起，那邱冰容可就真的非常危险了。

木板门当然承受不住两个身强力壮的男人的一再撞击，龚林杰和章实川把门撞开以后，夏落把他们拦在外面，自己一个人进了房间。听到这么大动静，在自己房里的胡娅莉和仇诚山也出来看个究竟。

这时，别墅里的人都聚集在主卧门前，但站在卧室里的夏落脸色非常难看。

"邱冰容不在房间里！"

床上有人躺过的痕迹，但床铺是冰冷的。浴室有使用过的痕迹，但显然也是很久之前的事情。房间内没有任何搏斗挣扎的迹象，邱冰容的衣物、房间里的拖鞋都整整齐齐摆放着。门锁也没有被撬过，甚至房门钥匙都好端端地放在梳妆台上。偏偏邱冰容不在房间里！明明前一晚刚发生了杀人案，夏落还再三警告所有人都不能走出自己房间，除非邱冰容有什么不可告人的目的，自己在半夜走了出去，不然实在无法解释！她总不可能平白无故在自己房间里消失了吧？

"快！分头找人！"夏落话音未落，已经率先冲到楼梯口那间储物室去了。其他人也反应过来了，马上加入了搜寻。但所有人把别墅上上下下都翻了个遍，也没有发现邱冰容的身影。

"这里还有地下室吗？"夏落问小菲。

"没有，只有一间冰库。"小菲说。

"去外面找！"夏落立即决定。虽然听起来不太合理，但在这种非常时期，不把这个山头搜个遍，别说是夏落，其他人也无法安心。

最后，他们在别墅南边的雪地上发现了邱冰容。

她穿着丝质的睡衣，静静地躺在雪地里，眼睛张大着，瞳孔早已散开。那表情像是绝望中的恐惧，又像是懊悔的挣扎，可不管怎么样，她都已经无法将心中所想告诉在场的人们了。

"又死了一个……"第一个发现尸体的章实川一屁股瘫坐在地，他的脑子里嗡嗡直响，不敢上去查看，而是大声叫来了所有人。

见过冰库里那惨烈的景象之后，又见到邱冰容这样诡异地躺在雪地里，任谁都会认为这一定已经是一具尸体了。小菲紧紧靠在胡娅莉身边，龚林杰眉头紧锁，仇诚山焦虑得胃部抽搐，东云乡喊着邱冰容的名字想要上去查看，却被夏落拦住了。

"你们不要乱动,让我来。"夏落说。

她先拿手机对着雪地拍了照片,再小心翼翼地尽量沿一条直线走到邱冰容身边,她心里的疑问比其他所有人加起来都多。那些人,包括慕斯在内,这时候想的无非是凶手是谁。可夏落明白,各种解不开的谜题简直能堆成山了。邱冰容身上也没有任何伤痕,她确实是死了,可既不是被人刺死的,也不是被人勒死的,而是活活冻死的。夏落没有告诉过这里的人,她甚至连慕斯都没有告诉,她在给冰库里的尸块做初步检查时已经发现,尸体是死后遭到肢解的,而死因同样是冻死。

两个人死于一样的方式,这显然是凶手早就预谋好的,而且应该是带有某种极端目的的谋杀。

更让夏落头疼的是,邱冰容身边没有脚印。她陈尸的地方距离别墅有七八米的距离,就算从二楼抛下也抛不到这么远。而这别墅位于平整的山顶,周围没有树,也没有围墙,想要借助绳索把尸体吊过去也不可能。凶手到底是怎么把她的尸体放在这雪地上的呢?凶手既没有留下移动尸体的痕迹,在把她的尸体放在雪地里以后也没有留下离开的痕迹，好像这尸体是从天而降似的。除了鬼神，人类根本不可能办到这样的事情，不是吗？还有，凶手是怎么将邱冰容从上锁的房间带走的？这些谜团如同越滚越大的雪球，轰隆隆地向夏落压来。

这是密室——夏落回头望着身后那排孤零零的脚印，在这落雪的山顶上，她感受到了前所未有的刺骨冰寒，这是凶手丧心病狂的扭曲恶意。

CHAPTER 06

　　如果说徐凌度的死是一起对死者抱有极大仇恨的蓄意谋杀，那么邱冰容的死则更加谜团重重，她特殊的陈尸方式以及走出房间的缘由都让夏落一筹莫展。更重要的是，在这栋被暴风雪孤立的别墅内，有一个人便是这两起血腥事件的罪魁祸首。不，现在就断言凶手只有一个人还为时过早。

　　在发现邱冰容的尸体后，夏落让慕斯对现场仔仔细细地拍了照片，然后自己负责对尸体做初步检查。目前虽然掌握到了几条线索，但从中推理出真相的难度等同于将一幅纯白的拼图拼完整，夏落此时只能对着完全没有头绪的一堆散片皱眉头。

"邱冰容应该死于午夜十二点以后，尸体呈自然体位，表情安详，尸斑呈鲜红色，四肢也有鲜红的色斑，体表没有伤痕，推测是冻死。从尸体上的积雪厚度和今早的降雪量来判断，凶手把尸体移到现场不超过两个小时，也就是早上七点左右，所以雪地上才没有脚印。可这个案件最不可思议的地方就在于，凶手为什么要把尸体搬到那个地方？慕斯，你有没有在听啊？"

此时，夏落正坐在别墅客厅的沙发上，对慕斯放空的行为表示抱怨。其实慕斯也不想放空，但身处在连续发生两起凶案的别墅中，她无论如何也无法让自己完全冷静下来，便只能让自己放空来寻求短暂的安宁。

只有夏落这种怪胎才能做到越危机越冷静，还能一边思考一边往嘴里倒零食。慕斯有时候甚至怀疑，夏落对那些活着的人到底有没有报以感情，如果真的有，为什么自己从来没有在她身上感受过呢？"我好喜欢谁谁"这种话她可从来没有说过。

也许对夏落来说，表达感情的方式并不一定要用语言。比如替睡着的慕斯盖上毛毯，或者把热好的牛奶递到慕斯面前，这些细枝末节的事情她倒没少干。再比如她在分析事件的时候总希望慕斯能配合她的步调,否则就会像吃油条没搭配豆浆一样不自在。慕斯不解,明明在她没有遇到夏落之前,夏落都是一个人调查的,没有听众的夏落不也破了不少案子?

时间一久,慕斯得出一个结论,那就是其实夏落很怕寂寞,就像离开了毛毯的猫那样。

"夏落,我们继续待在这里真的安全吗?"慕斯没有心思听夏落分析案情,也不想猜谁是凶手。连续两起诡异至极的命案摆在面前,慕斯和其他人一样,首先担忧的理所当然是自己的安全。

"对啊!不是你说待在房间里就没事的吗?结果邱冰容还是死了!我不要再待在这个地方了!"章实川抱着头,神情痛苦。他是第一个发现邱冰容尸体的人,受到的打击也比其他人大,甚至有点超过了徐凌度的死对他的冲击。

之前和章实川大打出手的龚林杰这时倒没有再指责他,看来邱冰容的死对他的冲击也相当大。但与章实川不同，龚林杰的情绪里更多的是对身边人的恐惧，就好像预感到那个凶手正手持着滴血的刀子站在他身后一样。他已经不单单把章实川锁定为嫌疑人，甚至跟仇诚山、胡娅莉以及东云乡都保持了距离。这个行为太容易看穿，简直如同在白纸上写了黑字般，明确地告诉夏落，这两起杀人事件发生的缘由百分百和他们登山社团有关。

"还是想办法下山吧，我一秒钟也不想在这里待下去了。"龚林杰看向夏落，好像在向她求救。

夏落正在思考的事情显然不是章实川或者龚林杰他们能够理解的，但她并不想解释，目前想通过讲道理分析问题的方式来说服他们几个显然不可能。

"什么都不要说了。相比玩幼稚的侦探游戏猜谁是凶手，安全下山才是最重要的，何况食物也所剩无几了。"一直静观其变的仇诚山终于说了句中肯的话，慕斯对此也十分认同，她看向夏落……

夏落却看了看站在一旁一直没有任何表态的胡娅莉和小菲。她觉得这两个人并不关心其他人所做的决定，仿佛不管发生什么都与她们无关似的，这种暧昧的态度不得不让人在意。夏落暂时把对这两人的疑惑放在心里，问了最后一个人——东云乡的意见。

"我听大家的。"东云乡说。

这个"大家"其实也只包括慕斯、章实川、龚林杰以及仇诚山。

夏落其实希望能坚持到救援和警察到来，这样方便调查取证，也可以避免给凶手抹去关键证据的机会。然而不管她再怎么坚持，毕竟只是她一个人的想法，就连慕斯也认为应该先下山，那她也不好再说什么反对的话。

"那好吧，"夏落站起来，看向窗外说，"雪已经停了，我们试试看，能不能从被炸断的山路那边翻过去。"

"先别急着收拾东西,我们所有人都要在一起。"夏落又补充了一句。

这栋被孤立的冰雾山庄因为修建在山顶上,只有一条山路能通往山腰的岔路,夏落和慕斯就是在那个岔路口撞毁了车子,然后遇到了东云乡。别墅的另外三面都靠着悬崖峭壁,别说这些人只是大学登山社团的成员,哪怕是专业级别的攀岩高手,想在这种恶劣的雪天从山顶爬下去也够呛。

所以夏落才决定从被炸毁的山路那边找路翻过去,这样才比较安全。

尽管大雪已经停歇,但天气依旧阴沉,尤其在一片厚重的白色包裹下,山顶的众人感觉自己就像被整个世界放逐了一般。这种对空旷和纯白的恐惧,没有经历过的人也许不会明白,更何况谁也不知道那个潜伏在雪地里的杀人狂什么时候会突然钻出来,对准下一个目标行凶。

夏落站在别墅的门口,观察着皑皑的雪地,心情无比沉重。

可到了这一步,除了步步小心,也没有其他办法了。

既然决定下山,首先需要的就是绳索这类东西。夏落掌握的知识远超慕斯的预料,尽管她并不会登山,但也很清楚沿山壁翻过炸毁的山路需要做的准备。

"攀岩的装备都放在哪里?"夏落问道。

出乎意料的,被问到这个问题的众人面面相觑。尽管他们都是登山社团的成员,但这次只是来别墅聚会,并不是要登山,最多就是从山脚下走上来,所以并没有带齐装备。如果没有万全的装备还想从炸断的山路上翻过去,那还不如和凶手坐在一起喝茶聊天讨论哲学。

"有个放东西的工具间,在别墅后面,我刚来的时候去看过,好像有绳索之类的东西。"小菲第一个反应过来。

那个工具间就像远离陆地的小岛,位于别墅后院的尽头,也就五六平方米大。邱冰容陈尸的地方其实就在工具间和别墅之间，不过夏落还没来得及去调查那里。

"你什么时候来的别墅？"去工具间的路上，夏落问了小菲几个问题。

"预定是比大家早一天来布置的，但我临时有事，就给徐凌度先生打了电话，他说自己已经布置好了，让我第二天早点来就行。"小菲回答道。

"你是怎么上的山？"夏落扫了眼小菲，觉得她并不像是能一个人爬到山顶的样子。

"本来应该徐凌度先生开车来接我上山，但既然推迟了一天，我就坐娅莉小姐的车上来了。"

"你和胡娅莉认识？"

"是她介绍我来打工的。"

"你在这里做女佣多久了？"

"就这几天，我打临时工。"

众人走到工具间，夏落看到门上没有锁，只挂了一个门闩，防止风雪把门吹开。

"这里不锁吗？"夏落问。

"平时有没有锁我真不知道呢。"小菲摇摇头。

"以前也不锁的，用脚趾头想也知道不会有人来这里偷东西。只是插个门闩而已。要是上了锁，锁芯被冻住那才真的麻烦了。"仇诚山解释道。邱冰容死后，他整个人都变得情绪低落，没有心思再和夏落针锋相对，安静了不少。

打头阵的仇诚山打开工具间的门，夏落在他身后打开手电来照明，其他人则站在外面等。因为工具间最多只能进三四个人，再多进去一个就成上下班高峰期的地铁那样了。

摸索了一阵，夏落和仇诚山各自抱了一堆东西出来，夏落手里的是一套攀岩工具，而仇诚山则拿着绳索。

虽然准备好了装备，只是……夏落说："仇诚山先生，我们要不现在就决定由谁第一个爬过去？"

仇诚山从工具间出来时，脸色和之前完全不同，他看着自己手里的绳索，似乎想到了什么，但他紧闭着嘴唇，只有眼神中时而顿悟时而阴狠的神色透露出内心的一丝丝情绪。这非常细微的变化被夏落捕捉到，她马上追问仇诚山是不是发现了什么。

"不，我只是想到，我们这样做真的好吗？"

"你想说什么？"夏落不解。

仇诚山把绳索收到身后，做出一个"谁也别动这绳子"的动作，继续说："只要有一个人能成功，不管是下山求救，还是帮后面的人开路，都是可行的。这个计划必须让所有人都在一起，因为在不确定谁是凶手的情况下，把谁单独留在别墅里都十分危险。你这个提议，大家都同意了，对吧？那现在我们就面临新问题了，谁第一个去爬？万一第一个人是凶手，丢下大家逃之夭夭了怎么办？就算我说一千次那两个人的死和我无关，但我也始终还在嫌疑人的名单上。我也不想背上无端的罪名，所以，侦探小姐，如果你叫我去爬，我是绝不答应的，谁爱爬谁爬。"

仇诚山这一番话倒不是信口开河，其实夏落也担心过这个问题，所以她才一次又一次地征询所有人的意见，但包括慕斯在内，大家显然都被求生欲冲昏了头脑，没有想到这个相当致命的细节。

对啊，谁都不能保证第一个爬出去的人不是凶手。退一万步讲，如果第一个人不是凶手，那留下来的不就是凶手了吗？在这种没有退路又无法躲藏的雪山山顶上，光想想就不寒而栗。

"那让……我先来？"东云乡举了手，随即感觉到周围的人看自己的眼神变得相当不友善。

聪明人马上就能明白，在发生了两起凶杀案的别墅里，最想逃走的显然不是余下的幸存者，而应该是想要脱罪的凶手。如此想来，所有人都变得犹豫不决起来。

仇诚山见自己的话起了作用，嘴角微微上扬。

"仇诚山先生，我不知道是什么改变了你的初衷，本来刚才说要下山的，你也是其中之一。你这么突然变卦，不能不叫人怀疑。能说说你的理由吗？"

"明哲保身，这个道理谁都懂，我只是不想警察找上门。"仇诚山说着，转过身，在众目睽睽之下把手里的绳索用力扔了出去，再往前几步就是山崖，往下是深不见底的山谷。仇诚山把唯一能救命的绳索扔下了山，算是彻底断送了大家下山的念头。

章实川哀号一声跪在了雪地里，嘴里不停说着："你怎么能这样……我们都会死的……一定是那家伙……回来找我们了……"

"谁？"夏落敏锐地抓住了章实川话里的关键，"那家伙"

代表的是凶手吗？

"是……"章实川即将把答案说出口时，却见仇诚山气势汹汹地扑到他身上，挥舞拳头把他的胖脸打得青肿不堪。

仇诚山边打边骂道："你这个懦夫！想死就自己从山崖跳下去！别在这里丢人！"

龚林杰则是冷眼旁观，既没有幸灾乐祸，也不觉得自己需要为此解释什么。当注意到夏落对自己投来怀疑的目光时，他索性白了她一眼，然后怏怏地走回别墅。

留在原地的几个人中，东云乡正试图将仇诚山和章实川分开。而胡娅莉和小菲，夏落注意到她们的眼中都闪过一丝鄙夷的神色。这些人完全不是夏落和慕斯最初看到的那样融洽，不管是谁，心里都有着不为人知的另一面，每个人为了守住心底的秘密而拼命做出和心里想法截然相反的表情。但在夏落眼里，这只是自欺欺人的可笑把戏而已。

夏落转过身,望着这栋被孤立在雪山顶上的别墅,再一次感受到这房子的冷酷阴郁。

而凶手,一定还在某个黑暗的角落里,暗暗嘲笑一筹莫展的侦探吧……

CHAPTER 07

恐慌的情绪包围着整个冰雾山庄,虽然大家坐在客厅舒适的沙发上享用着香醇的红茶,又有烧得劈啪作响的壁炉温暖着身体,可内心依旧被一阵又一阵的寒意所侵袭,就好像死神正举着滴血的镰刀在他们身后徘徊,一个走神就可能被收割性命。

彼此之间失去了信任,互相注视对方的眼神中都充满了怀疑。唯独仇诚山,在把绳子扔下山后,反而如释重负了,就好像隐藏在别墅中的恐怖杀人狂已经赦免了他的死罪,只有他一个人敢独自在别墅内走来走去。

时间一分一秒地流逝,救援却像遗忘了这山中的遇难者似的迟迟不到。

夜幕降临，所有人都没心情吃东西，各自早早躲进了房间，把房门锁死，抱着被子瑟瑟发抖。他们多希望这只是一场噩梦，用力掐自己的脸就能醒过来。

在仇诚山把绳子扔下山到众人各自回房的这段时间里，夏落和慕斯并没有闲着，她们再一次检查了邱冰容的尸体。

在皑皑白雪中，邱冰容就那样安静地躺着，双脚并拢，双手打开，如同一具摆在雪地里，与别墅平行的十字架。她的尸体离别墅比较远，更靠近悬崖一侧。夏落第一次看到她的尸体就觉得哪里不对劲，尽管她暂时想不到究竟是什么地方出了问题，但显然，凶手让尸体以这样的姿势呈现并非偶然。

"这其中一定有用意。"夏落说。

"会不会是死者留言什么的？"慕斯问。

"所谓死者留言，是在凶手行凶后、死者断气之前，为了把重要讯息留给发现者所留下的一种暗示。如果邱冰容真要留什么讯息，她应该把什么东西紧紧抓在手里，或者在附近刻下什么东西。若她摆出这个显眼的姿势，凶手不会不管不顾的。"

"所以说这是凶手做的？"慕斯有些难以想象，她不认为这么残暴的凶手是个有信仰的人，"就像受难的耶稣……怎么会有人这么做？"

"慕斯，你这句话很有意思。"夏落突然说。

这种莫名其妙的夸奖时常会从夏落的嘴里冒出来，往往是在慕斯一句无心之言后，这总让慕斯摸不着头脑，感觉自己像个大傻瓜。但她也知道，一定是自己无心的话，让夏落有了灵感。

"刚才那句话让你想到什么事情？"慕斯追问。

"看看邱冰容的头，你不觉得很不自然吗？"夏落没有直接回答慕斯，而是用另一个疑问代替了答案，将问题抛回给慕斯。

她自己则蹲下身去，盯着邱冰容的脚仔仔细细地查看起来，一寸皮肤都没有放过。

"她的头怎么啦？"慕斯其实不太敢看死人，好在邱冰容的尸体既不是面目全非，也不是鲜血淋漓，冻死的人很安详，甚至没有扭曲的表情，她才敢带着一种敬畏的态度凑过去。

邱冰容的尸体实际上并非是完全仰躺着，她身体是躺平的，但是下巴抵向胸口，这让她的头很倔强地翘起，就像是身体无法动弹又极力要挣扎起来的姿态。躺着的人想要起身的话，通常是从头开始往上抬，邱冰容就呈现出这种头已经起来了，身体却没起来的状态。

她就保持着这样的姿势被活活冻死，实在诡异。

"果然是这样。"夏落终于站了起来，对慕斯说，"邱冰容的死因已经弄明白了，现在还剩下两个问题：她为什么要从房间里出来？还有，她这个姿势究竟是怎么回事？"

夏落一边思索一边走到悬崖边，慕斯没有制止她，仅仅提醒她小心点。虽然山顶上并没建起围墙，但悬崖边还是砌了一圈石墩用作防护，以免真有人从悬崖边跌下去。石墩不高，只到夏落胸口的位置。如果是夏天的话，在这个位置趴在石墩上俯瞰底下的山林，郁郁葱葱的景致一定相当美丽。不过冬天也不差，可惜积雪高了些。

"有什么发现吗？"慕斯不喜欢单独和尸体待在一起，夏落走开之后，她也迅速转移到夏落身后。

夏落转过身，摇摇头。

"你觉得章实川那句'那家伙回来找我们了'会是关键线索吗？"她问慕斯。

在章实川喊出那句话之后，和登山社团有关的人全体陷入了莫名的情绪中。别说夏落，连慕斯也知道，这次的凶杀案百分百和"那个家伙"脱不了关系。只是，慕斯希望在整个惨剧的背后不要又是一个催人泪下又怨气冲天的故事。

虽然这条线索已经明确地浮出水面，想要问个清楚却非常困难。不论是仇诚山还是龚林杰，这两个目前在登山社团资历最老的成员全都对此持回避态度，就像通过气似的说辞一致，模棱两可地说是"章实川这家伙吓坏了在胡说八道"，连章实川自己也坚持是在"胡扯"。

当然，夏落绝对不相信他这样的人会在那种情况下胡扯。

她觉得自己这时候就像一艘划到了湖中央的小船，突然不知道该往哪个方向行驶才能靠岸，这种带着恐惧又懊恼的情绪让她很不舒服。她剥了颗糖放到嘴里，也只有吃东西能让她感到安心，当然，时不时挖苦一下慕斯也有同样的效果。

她们从雪地回来，走进别墅，壁炉和地暖带来的热度让她们冰冷的身心得到极大的安慰，毫无进展的调查也不至于那么令人沮丧。夏落又问了东云乡和胡娅莉，这两个人虽然是登山社团的新人，但或许也能知道一些事情。

尤其是胡娅莉，夏落之前就察觉到章实川对胡娅莉有意无意地保持着警戒的态度，而在章实川精神一度崩溃喊出"那家伙"的时候，他眼睛所注视的，也正是胡娅莉。虽然并没有明确证据指出胡娅莉和凶杀案有直接关系，但至少说明她身上同样也隐藏着秘密。偏偏是她介绍来的女佣成了第一具尸体的发现者，偏偏在第一具尸体和第二具尸体被发现前，她都不在场……难道都只是巧合？

夏落对仇诚山的那番说辞也不满意，仇诚山一定是在工具间发现了什么线索才会改变主意。不，更大胆地猜测，仇诚山说不定已经知道谁是凶手，然而他选择了沉默。那么只有两种可能，他想要保护凶手，或者，想要以此要挟凶手。不管哪种可能，都可恶至极。

现在关键都集中到了仇诚山身上，偏偏又拿他没有办法。这男人城府太深，威胁未必奏效，利诱倒是可以试试。可是，要拿什么去与他交换呢？

回到房间后，夏落一边思考着怎么盘问仇诚山，一边上上下下打量慕斯，从头到脚，然后视线在胸口和腰上又扫了许多遍，最后叹了口气。

"果然不能指望你。"

"你说什么？"

"没什么。"夏落把视线移开，并不打算对慕斯说"伤人"的实话。

慕斯没有追问下去，她的脑袋里也有一堆问题，不知道从什么时候开始，她也会像个侦探一样把自己手上的线索一点点拼凑起来，虽然她凭借的都是所谓"女人的直觉"，而非真正的推理。

"夏落，有件事我一直想不明白。邱冰容的尸体被发现的时候躺在雪地里，那时候还下着雪，如果尸体在雪地里太久，一定会被积雪掩埋，对吧？也就是说，她是在天亮以后才被凶手搬到雪地上的。要是按照现在的降雪量，两个小时之内足够把地上的痕迹掩埋了。能做到这件事的人，应该是在我们醒来后，也就是早上七点到现在这两个多小时内没有不在场证明的人。仇诚山最有嫌疑，然后是胡娅莉。其他人都比我们早到餐厅里，应该没啥嫌疑。这个先放一边，你说邱冰容是冻死的，凶手这么做不是很奇怪吗？既然要冻死她，直接扔在室外不就好了吗？为什么要把人放在冰库里冻死，再搬到雪地上呢？万一被人看见了……"

"看不到的。"夏落觉得慕斯的想法并不奇怪，一般人都会沿着这个方向做推断，这也是凶手希望看到的结果，但慕斯有时候很特别，她的错误想法总能给夏落新的启发，"你觉得她是死在冰库里的？"

慕斯理所当然地说："难道不是吗？这别墅里唯一能冻死人的地方就只有冰库了吧？要是在外头冻死的，干嘛还要费神搬来搬去呢？"

夏落没有直接回答慕斯的问题，而是反问道："你觉得怎么做才能让一个人安安静静被冻死？"

"比方说用麻醉药？身体不能动弹了，然后活活冻死……但这样真的好残忍,凶手到底有多大的怨恨要这么报复她……"

听了慕斯的推测,夏落又剥了一颗糖丢进嘴里,细细地回味:"对啊,凶手是为了复仇。我检查过邱冰容的双脚,发现她右脚脚底有一个很小的伤口,新的,是她出房门的时候踩到尖锐的东西留下的,比方图钉之类的,那上头八成抹了某种剧毒。我知道南美有几种毒蛇的毒液可以有这样的效果,能迅速麻痹猎物却不致命。邱冰容浑身麻痹不能动弹,然后凶手把她放在雪地里让她活活冻死,发现尸体的地方就是第一案发现场,凶手压根没有移动过邱冰容。"

慕斯反驳道:"不对啊,你说她死亡时间在十二点之后,要是邱冰容一直被放在那里,下了一夜的雪,应该早就把她埋了才是。"

"这就是凶手的诡计,一定是用了某种方法让邱冰容没有被雪掩埋,然后误导我们通过'地上没有脚印,而邱冰容身上只有薄薄一层雪'这一点,来推测凶手是七点到九点这两个小时之间没有不在场证明的人。"

"那时候没有不在场证明的人只有两个，"慕斯不安起来，"这样说的话，凶手想要把嫌疑转嫁到别人身上，实际上却就和我们在一起？"

"慕斯，我们七点下楼的时候，餐厅里只有女佣小菲、龚林杰、东云乡和章实川，你还记得他们当中有谁走出过我们的视线吗？"

慕斯试着回忆了早上的情景："他们都离开过啊，但每个人都没超过五分钟。"

"五分钟能做很多事情了。"夏落点点头，看似整个事件的脉络已经清晰，但实际上，本来因为不在场证明而没了嫌疑的人，现在又变得疑点重重起来，"我之前没有告诉你，徐凌度同样是冻死后被肢解的。"

"为什么要这么做啊？死了还要把人切开……"慕斯突然一怔，像是明白了什么，"等等！这样一来，冰库不可能会变成那样啊！"

夏落欣慰地笑了，说："你可算明白了。被冻死的人在肢解时无论如何都不可能把血喷得整个地方全是，那些血是凶手事后泼上去的。"

"为什么要这么做？"

"是不想让我们走进去。"

"哎？"

"换做一般人的话，看到那样子的冰库，绝对不会想要踏进去的。凶手这么做的原因就是要把大家挡在外面。不过，凶手并没有计算到我们两个侦探会突然出现在这里，更不会想到我敢摸那些尸块。虽然回头警方会仔细搜查冰库，但到那时凶手一定已经销毁了所有证据，只要瞒住大家就行了，还能让大家给那个恶魔作证，证明他的清白！"

夏落说这些话的时候并不是单纯地在陈述她的观点，语气听上去更像是对凶手的痛骂。慕斯明显能感觉到她压抑的愤怒，她还看到夏落扯着床单，用力到几乎要把这些棉制品撕烂。

慕斯并不是第一次见到这样怒气冲冲的夏落，在过去的事件中，夏落面对每一个凶手都会带着这样的怒火，哪怕她把自己的情绪隐藏得再好，慕斯也会察觉到，可能也只有慕斯能够察觉到。慕斯自己都不禁纳闷，自己什么时候成了这个自说自话的侦探的代言人了呢？自己又是从什么时候开始在意夏落的情绪，会去观察她、分析她，甚至采取某些措施安抚她？

其实慕斯要做的很简单，她紧握住夏落的双手，把那岌岌可危的床单从粉身碎骨的危机中解救出来。她把夏落的手握在自己手里，用掌心的温暖提醒夏落——你该放松一些。

"不要急，夏落，那家伙逃不过你的眼睛的。"

这样做的确有效果。夏落的眼神变得平和起来。

不过那种柔软只持续了相当短的时间，比老鼠溜过墙角还要迅速，夏落很快又恢复到几分钟前的样子，她再一次很好地控制了自己的情绪，变回了那个无所畏惧的大侦探。

她对慕斯说："我查看过冰库，并没有发现什么不寻常的地方。"

"所以是你猜错了？"

"不是。"夏落把手从慕斯的手掌中抽出来，举起右手，在慕斯的面前晃着，"你看，当魔术师说'注意我这只手，现在手里什么都没有哦'的时候，他的另一只手一定在搞小动作。"

对，就是这样。慕斯的注意力被夏落的右手吸引——换成是谁都会这么做——夏落的左手便恶作剧地掐了慕斯的腰。

"是这样吗？"慕斯嫌弃地打断夏落幼稚的恶作剧，"问题不是在冰库，而是在别的地方？"

夏落点点头，继续说："另外，还有仇诚山。"

慕斯马上便知道了，分析道："你说他突然变卦，还把绳子扔下山，是不是他自己做贼心虚？"

夏落摇摇头，说："说不定是他通过绳子猜到了凶手，然后为了掩盖证据，故意把绳子丢下山……

慕斯迫不及待地问道："你说他知道凶手是谁？然后还要袒护那个家伙？怎么有这种人？"

"哼，当然是那种贪得无厌、想要同魔鬼做交易的人。"夏落轻蔑地说，"等等！把绳子丢下山……说不定邱冰容那时候也是因为这样才……慕斯！"

夏落突然像是屁股上点了鞭炮似的跳起来，眼睛一下变得闪闪发亮，似乎是抓到了关键线索。

她对慕斯说："我们必须去撬开仇诚山的嘴，他知道的东西不止有凶手的身份，还有邱冰容死在雪地里的真相以及过去究竟发生了什么事情。"

"咦?现在?大家都睡了啊。"慕斯表示这个时机有些不妥当。

"不能再等下去了!不然的话——"

夏落话音未落,一阵刺耳的声音在门外响起,铛铛敲击着夏落的心——是山庄内的火灾警报器!

"着火了?"慕斯一下子也弹了起来。她们俩连拖鞋都顾不得穿,慌张地冲出门。

走廊上已经浓烟滚滚,她们房间斜对面的一个房间正往外不住地冒烟,火就是从那个房间燃起的!

那是——仇诚山的房间!

CHAPTER 08

　　复仇者万万没有想到，计划如此周全，居然也会露出马脚。仇诚山当着大家的面把绳子扔下山的时候，复仇者就意识到他这个举动是一种暗示，随后仇诚山对自己露出意味深长的笑容，一切就已经很明显了——这家伙已经知道了！

　　但是他没有当众说出来，而是大摇大摆回到别墅内，在房间里闭门不出。这个阴险的家伙！他是想要和自己好好谈谈，然后做笔交易吗？他想要的东西是什么？无止境的敲诈吗？被这种家伙纠缠上，就像把蚂蟥吞下肚一样恶心。

　　然而，自己能用什么和仇诚山做交易呢？

摇晃着手里装着毒液的药瓶,复仇者心想,唯一能慷慨赠予他的,就只有一次痛苦的死亡吧。

准备妥当,复仇者趁晚上所有人都回房以后,悄悄来到仇诚山的房间。

"有话要和你谈谈。"复仇者没有敲门,隔着门和仇诚山开门见山。

仇诚山打开门锁,让复仇者数到十再进去。

复仇者进门的时候,仇诚山已经退到窗前的沙发前,他只穿着睡袍站在距离复仇者几步开外的地方。如果复仇者手里有刀,想要从这个距离冲过去刺杀他,那两人必然会引发打斗,惊动隔壁的人,并在自己逃走前堵到门口。想要无声无息地从正面解决他,似乎只有电影里那种世界顶尖杀手才做得到吧?

仇诚山的房间被他仔细整理过,所有可以随手拿起并致命的东西都被他收了起来,没有烟灰缸,没有蜡烛台,甚至连玻璃杯都没有——招待得真是周到啊。

"把衣服脱了。"仇诚山警惕地说,"我可不知道你会不会在衣服底下藏着什么凶器。"

复仇者脸色铁青,一言不发。

"我知道是你杀了徐凌度和邱冰容,嘿嘿嘿,我还知道你是怎样让邱冰容的尸体周围没有脚印的,而且那个时候也只有你能做到。我们这些经常登山的人做这种机关,实在太简单了,那个侦探却没有发现。不过也幸好她没发现,你现在才能安然站在这里,而我却成了最大的嫌疑人。当然,不管她怎么调查,我始终是清白的。但还是很不爽啊,被你嫁祸成杀人凶手这件事。你说,你是不是应该赔偿我才对?"

复仇者真想立刻把刀子插进这个男人的胸口,但目前只能先忍耐,很快,这个可恶的浑蛋就会被送上西天。

"你倒是把衣服脱了啊!你绷着脸,我很害怕的。你用什么办法冻死徐凌度和邱冰容的？安眠药吗？哦，第一天晚上你给我们所有人都下了安眠药，对吧？我睡得跟死猪一样，我从来没有睡得这么沉过。"仇诚山笑起来，他其实对复仇者的诡计一知半解，只是运气好蒙对了人，这也让复仇者稍稍松一口气——仇诚山知道的并不多。

这个傻瓜！复仇者心想。安眠药只是让碍事的人不要乱动，真正致命的，等一下可要让他好好见识一下呢。

"喂，我不想说第三遍，把衣服脱了！内衣也要脱！"仇诚山语气严厉起来。

尽管复仇者内心无比愤怒，但只能依照仇诚山的命令行事，想要杀死他的话，现在必须听他的话。自从娅希死后，自己已经把灵魂卖给了魔鬼，所以无论受多大的屈辱都无关紧要，为了复仇，赤身裸体面对别人又能怎么样呢？

这个过程十分艰难，但复仇者知道时间比什么都重要，要是再不快点，之后恐怕就不那么好办了。别墅内的暖气充足，所以哪怕外面风雪交加，在室内光着身子也不会觉得寒冷。但复仇者还是微微颤抖着，因为仇诚山看自己的眼神相当龌龊。

仇诚山的眼中充满了贪婪，他说："看不出来，你还挺丰满。"这种猥琐的语气让复仇者作呕。

"喂，头发也放下来，让我看看你长发的样子。"仇诚山又提出了进一步的要求，从他的眼神中看得出来，这个男人的理智正在被欲望取代。色字头上一把刀，这男人就不知道欲望是能够引来死神的吗？

"你知道要怎么做吧？我掌握了你的秘密，你一辈子都逃不出我手心。"仇诚山舔舔嘴唇，露出不怀好意的笑容。卑劣、无耻，全世界最恶心的表情莫过于此。

复仇者现在慢慢走近仇诚山，这也是仇诚山期待的。一个一丝不挂的女人，身上最锐利的不过是指甲而已，想要伤到仇诚山这个大男人，可能性几乎为零。

仇诚山迫不及待地抱住复仇者，双手开始不老实。

"你也是这么勾引徐凌度的吧？我撞见过你们两个在一起。徐凌度那家伙，别人不知道，我可清楚得很，花花公子！邱冰容也是看上他的钱才没计较。他还纠缠过胡娅希。那女孩看起来一脸清纯的样子，手段也算高明了，搞得邱冰容气急败坏的。说不定就是邱冰容一气之下才把她推下山的，然后再对我们说是意外。就是这些人啊，表面上装作正人君子，其实都和我一样肮脏下流。"

"这些我都知道。"复仇者说，她的声音听上去接近失控。

仇诚山总算察觉到不对劲："你知道？你难道不是为了徐凌度的钱才……"

声音到这里戛然而止，仇诚山发现自己舌头麻痹了，别说吐字，甚至连声音都发不出来。复仇者把什么东西刺入了他的脖子，当痛觉传到他大脑的时候，仇诚山已经没法说话了。他瞪着眼睛，想要抓住复仇者，可是麻痹扩散得很快，手也已经不听使唤了，他摇摇晃晃地往前迈了两步便摔倒在地，再不能动弹。

复仇者捡起自己的衣服裹住身体，然后蹲下身扳过仇诚山的脸，让他看清楚自己手里的东西。

"你不知道吧，这样一根发卡，只要把头磨尖了，也是会要你命的。"

仇诚山现在知道已经迟了，他无法发声，只能用交织着愤怒、懊悔还有恐惧的眼神瞪着复仇者。

真的太迟了！他本来不用死，还能用自己的发现好好羞辱那个自以为是的侦探，说不定还能从警方那儿得到"荣誉市民"的奖励。然而，他的贪心最终搭上了自己的性命。

"本来应该让你试试和那两个人一样，可惜我现在没时间，就让你死得痛苦一点吧。你也只配这种死法了。"

复仇者说完，抽出仇诚山睡袍上的系带，环绕在他的脖子上……

别墅内部使用了防火的建筑材料,房门也是隔热门,所以仇诚山房间内的大火并没有蔓延开去。这是不幸中的万幸。即便如此,火彻底被扑灭也已经是后半夜的事了。所有人都精疲力尽,别墅内连续两起杀人事件已经让大家绷紧了神经,现在仇诚山也死了,这个犯下三起残忍罪行的凶手,内心究竟扭曲变态到了什么程度?

夏落一夜没有合眼,勘查现场、检查尸体、分析线索,消耗了她大量精力。天亮的时候,所有人裹着毯子在客厅睡得横七竖八,只有夏落像尊雕像一样坐在那儿,大脑如同精密的仪器一般运转着……

仇诚山的房间已经烧得面目全非,他的尸体也是。地毯、床单、窗帘都被烧毁了,发出棉织物和纤维制品烧焦后的刺鼻气味,家具和电器也惨不忍睹。仇诚山房间的钥匙有没有在屋内也无法确定,一把大火烧毁了大部分的证据。

凶手真是个精明的家伙。

仇诚山的尸体就在靠近床的地方，头朝着房门向下趴着，身体奇怪地扭曲着，像是在做最后的挣扎。夏落掰开他的嘴巴，发现嘴里没有吸入烟灰，这表示他在着火前就已经死了。而致他于死地的凶器应该是睡袍的系带，因为他脖子上有棉织物烧焦的残留物，和附着在他身体上的是一样的东西。

前两名受害者是被冻死的，这一个却要弄成被烧死的样子，为什么呢？

另外有一点也让夏落觉得不可思议——这房间里所有重的东西和尖锐的东西都被收到了柜子里，这么做的用意又是什么？

夏落回忆起火警响时的情景，她和慕斯冲出房间，她们隔壁的东云乡已经跑去拿灭火器，胡娅莉惊慌失措地站在门口，而对门的章实川逃命似的奔下楼跑到雪地里避难，龚林杰正从自己房间的洗手间接了水往仇诚山房间冒着烟的门上浇。后来夏落用消防斧劈开了门，大家才进到房间里把火扑灭。那时候，地上的仇诚山已经烧焦了。

徐凌度死亡的谜团，加上邱冰容死亡的谜团，现在又多了仇诚山死亡的谜团，夏落觉得自己前所未有的迷惘。

"从现在开始，在救援到来之前，我们都不可以单独行动，去洗手间也要至少两个人结伴。不能再给凶手任何机会了！"当大家醒来后，夏落严肃地宣布。

外面开始晴朗起来，照这个情况，或许下午救援就能到来。在一筹莫展的时候，她不能再让受害者增加了。

可是，并非所有人都愿意听从夏落的意见。

"都死了三个人了！你到底算什么侦探？"说这话的人是章实川，这群人中身材最壮实的是他，胆子最小的也是他。发现徐凌度的尸体后，他就因为焦虑而不停地抽烟，被困山上让他的焦虑更加严重，现在烟早就抽完了，神经高度紧张，再加上烟瘾的折磨，让他的情绪接近崩溃。

"你说大家只要关紧门就没事的,但邱冰容从自己的房间里消失,仇诚山也死在自己房间里,我们差点葬身火海了!凶手是幽灵吧?是胡娅希变成鬼来寻仇了,对吧?她想我们所有的人都死在这里!"他嘴里喊的是胡娅希的名字,眼睛却看着胡娅莉。

胡娅莉脸色苍白,却没有辩驳,或者说,她根本不想多说什么。

"章实川先生,"夏落问章实川,"你对'寻仇'这件事,能说得更具体一点吗?"

"我什么都不知道!"章实川突然改口,"那件事和我一点关系也没有!"

章实川看起来老实巴交,但情绪总是大起大落,很容易被人牵着鼻子走。可是若想从他嘴里问出点什么,却也相当困难。倒不是说他能守口如瓶,或许只是因为那个叫"娅希"的人的事情或多或少和他有些关系,为了明哲保身,他宁可咬牙不透露半个字。和仇诚山那种心机深重的人不同,章实川的心思简直就跟站在透明玻璃后换衣服似的。

不过,章实川不说不代表别人不说。就如他所言,仇诚山已经死了,而且被害的原因似乎也和"娅希"有关,再保守这个秘密下去,恐怕他们都知道自己可能也会死得不明不白,索性还是说出来比较好,就当洗脱自己的嫌疑也行。

"胡娅希,是胡娅莉的姐姐。"果然,章实川垂头丧气地坐下之后,龚林杰开口了。他看上去疲惫不堪,眼睛里布满血丝,他不愿和别人坐得太近,即便是夏落要求所有人都围在一起,他也是尽量远离每一个人,哪怕多半米的距离也让他更好受一些。

"我们几个是同期加入社团的,关系都还不错。不过也只限在社团内,平时是怎么样我不清楚。两年前——那时候徐凌度和邱冰容还没有毕业,我们几个也不过是一年级的成员。那次我们在一座雪山集训,结果发生意外,娅希掉下了山。那天晚些的时候起了大风雪,阻碍了救援,当我们在山崖底下找到她的时候,她已经……"

龚林杰说到这里的时候，偷偷看了一眼胡娅莉，他知道在胡娅希妹妹面前说这种事情不妥当，但现在也只能由他把真相讲出来。

"然后呢？"夏落追问。

慕斯看得出胡娅莉的脸色越来越差，一直在极力控制自己的情绪。慕斯甚至怀疑，如果胡娅莉手里有把刀的话，说不定已经扑向龚林杰了。

龚林杰叹口气，继续说："后来听说，娅希身上有好几处骨折，但没有当场死亡，要是及时发现并送医院的话，或许能救得过来……这真的不关我们的事啊，我，还有章实川，听到尖叫声才从帐篷里出来，看到邱冰容和徐凌度在外面，说娅希掉下山了……"

"他们两个威胁你们了吗？"

"威胁？"龚林杰一愣，"你说是他们两个合谋杀了娅希，然后让我们做假证吗？绝对不是这样！和我们真的没有关系啊！而且……"

龚林杰想了一下，又补充道："而且，徐凌度喜欢娅希喜欢得不得了。"

"那时候邱冰容不已经是徐凌度的女友了吗？"

龚林杰点点头，又觉得必须说清楚，对夏落说："只是一些闲言碎语，说徐凌度想甩了邱冰容，邱冰容醋意大发。"

"那仇诚山呢？当时他也在场吗？"

"仇诚山也在，不过没和我们在一起，他在另一个帐篷。还有！仇诚山当初也追过娅希的。"

"是不是说，可能在两年前，因为娅希的插足，使得徐凌度和邱冰容的感情出现了危机，并导致了那场可能是谋杀的意外？"夏落总结道。

但这说法并不是任何人都能接受，比方已经忍耐到极限的胡娅莉——她抄起手边的茶杯，把一整杯茶水泼在夏落脸上。

"姐姐不是那种人！她那时候是被徐凌度纠缠的，她明明是受害者！是徐凌度和邱冰容合伙害死她的才对！我考进这所大学，加入这个社团，就是要弄清楚姐姐死亡的真相，你们这些人——"胡娅莉气急败坏地指着章实川和龚林杰，"一个个都装作自己是好人，对我百般关照，难道不是因为心虚？说得和自己没有关系一样，姐姐的死，这里的所有人都有责任！"

慕斯也急了，不管怎么说，用茶泼人是非常无礼的行为。

"喂！就算夏落说的不对你也不用这样啊，冰天雪地的，衣服弄湿了晾不干的好吗！"但慕斯的重点显然走错了方向。当然，她自己没有意识到，这确实是"护短"的做法。

"别吵了！"东云乡也忍不住喊起来，这种情况下，每个人都像一个被填满的火药桶，稍微有一点刺激就会爆发，"现在最开心的是那个凶手好吗？那家伙一定在嘲笑我们在这儿吵架，杀了徐凌度，杀了邱冰容，最后还杀了仇诚山，现在那人的目的达到了，看着大家乱成一团，互相撕咬，逍遥法外的凶手一定高兴得不得了吧！"

这话让大家重新冷静下来，当然，其中最冷静的还是夏落，毕竟她被人拿茶水泼了一身，"冷静"得很彻底。

"真是的！"慕斯拉起夏落的手，说，"我带你去换件衣服。"

可夏落没有听慕斯的，她像一个木桩一样杵在原地，脸上的表情千变万化，好像在想非常不得了的事情，过了许久，她才露出笑容。

"夏落，你怎么了？"慕斯对夏落的举动不明所以，但她猜得到，夏落会突然像停电的机器人一样一动不动，就表示她这会儿脑内的推理机器正在全速运转。

被肢解的徐凌度，地狱一般的冰库，躺在雪地里姿势奇特的邱冰容，没有脚印的雪地，被扔下山的绳索，着火的房间，胡娅希的意外以及那个人说过的某句话，这些断裂的片段因为某个关键要素的加入一下子拼合到一起，组成一幅完整的画面。那是一个非常可怕并且需要冒极大风险的计划，也是一个带着巨大仇恨才能施行的残忍犯罪，而做出这一切的凶手，只能是那个人了——不，还有一事需要确认。

"小菲，我问你，大家的房间安排是谁的主意？"夏落转头问小菲。

小菲想也没想，便说："是徐凌度先生安排的，男女各一边。"

"他亲口告诉你的？"夏落补充道。

"不是，我来别墅的时候，他留了封信在桌上，交代了每一项事情，包括房间怎么安排。"

"我想也是。"夏落笑得更自信了，她从口袋里拿出一根棒棒糖，剥开放进嘴里，糖分让她沉重的心情得到了些许缓解。

"对啊！原来是这样——！真相就是这么回事！"

决定性的发言响起，所有人的目光聚集向发言人，却惊讶地发现说话的不是夏落，而是刚才被问房间安排的小菲。她一脸恍然大悟的表情，眼睛亮晶晶的，像发现了所罗门的宝藏。

"哎？"夏落和慕斯都没想到这位女佣会说出这样的话来，不约而同地盯着小菲。

"嘿嘿嘿，传说中的侦探夏落也不过如此嘛。这次我比你先破案！"

那上一次是什么时候啊？慕斯想吐槽这位突然跳出来的不知道什么情况的女佣。

"你不是徐凌度雇来的女佣。"夏落不像慕斯那样转不过脑子，不过几秒钟她便适应了这突如其来的变化，并且得出结论。

小菲一副胜券在握的表情，得意洋洋地站到夏落面前。她身后的胡娅莉扶着额头，一副难为情的表情，显然是知道情况的。倒是章实川、龚林杰和东云乡三人完全陷入了混乱——这究竟是怎么回事？

"我其实是受胡娅莉之托，来这里调查徐凌度和邱冰容杀害她姐姐胡娅希的真相，没想到被卷入了奇异的连环杀人案。不过没办法呀，名侦探的命运就是如此。"

说得没错——慕斯非常想要对小菲这个"命运论"竖起大拇指，不过显然这个时机不大合适。

"忘了自我介绍——我就是人称'如天使般无敌可爱的美少女高中生名侦探'冯小菲！"

真是相当可爱的自我介绍，如果她真的考虑作为偶像出道的话，说不定能笼络一大帮粉丝。

也许在这人心惶惶之际，确实需要什么来调节一下气氛，但假扮女佣并且自称高中生名侦探的冯小菲无论如何也无法让在场的人笑出来。而且让慕斯感到尴尬的是,这年头侦探头衔是和爱马仕或者路易威登这种奢侈品牌一样的东西吗?每个人都想拥有?

"名侦探?没听过冯小菲这名字啊。"夏落直截了当地说。

"将来一定会出名的!"冯小菲不以为然,她像个任性的孩子,急于向大人证明她的成就。然后,她转过身,小手一伸,指着章实川、龚林杰和东云乡三人中的其中一个人宣布——

"凶手,就是你!"

CHAPTER 09

"那个以残忍的手段杀害了徐凌度、邱冰容和仇诚山三人,并且放火烧房子的凶手就是……"

自称高中生侦探的少女冯小菲,身上依旧穿着可爱的女仆装,但侦探指认凶手的那股子气势却分毫未减。慕斯觉得,至少在架势上这个冯小菲已经和夏落不相上下了,也许她真的是一个相当强劲的对手。而且她比夏落年轻很多,光是满脸的胶原蛋白这点就已经赢了。

然而,当慕斯顺着小菲所指出的方向,看清她嘴里说的那个凶手的时候,刚才那份认可立马转变为巨大的震惊。

"这怎么可能！"慕斯脱口而出。

"小菲，你是不是弄错了啊？"冯小菲身后的胡娅莉也表示无法相信。

"原来是你这家伙做的？！"章实川高叫着跳得远远的，仿佛凶手身上有能够让人变得嗜血的传染病似的。

"怎么会是你？我一直还以为……"同时，龚林杰也一副难以置信的样子，他连退数步，一个重心不稳跌坐在地上。

冯小菲所指的那个凶手是——

"凶手就是你！东云乡。"

东云乡脸色由白转红，又转变为猪肝色。这个最开始在山脚下热心帮助了遭遇车祸的夏落和慕斯，又将她们两个带来别墅，尽管在这群人中说话根本没分量，但依旧自告奋勇为大家做饭、帮忙劝架，并且时时刻刻保持谦逊而冷静的年轻人，现在却被冯小菲指为以残酷手段谋杀了三个人的杀人凶手,换作是谁都受不了。

东云乡身体紧绷,嘴唇微微发抖,不停地重复着:"不是我!不是我!不是我……"

"夏落,你已经知道谁是真正的凶手了吧?快点帮帮东云乡吧。"慕斯小声地对夏落说,但夏落对慕斯眨眨眼,意思是——不用急。

怎么可能不急呢?眼看着一个好人被冤枉?慕斯内心的正义感嘶吼起来。

"很有趣哦。"夏落终于开口了,她对冯小菲的结论既没有认同,也没有否定,而是表示出了极大的兴趣,"你说东云乡是凶手,那我想问问,你有什么证据呢?"

这种说话的语气与其是在发问,倒不如说是在挑衅,慕斯倒是常常在另一个人嘴里听到这种话,那个漂亮得像模特、一直把夏落当成是眼中钉肉中刺的刑警小姐——伊诺。不过,慕斯能够区分出两者细微的差别,伊诺那种说话的调调是真的和夏落过不去,而这会儿夏落则像是在有意模仿那个老是闹别扭的刑警小姐,看她一脸正看好戏的表情就知道了。如果夏落真的在思考问题,嘴里的棒棒糖早就被咬得咔咔直响了。

冯小菲一副胸有成竹的样子,丝毫不惧夏落的有意刁难,她已经知道了那个答案,所以泰然自若地对夏落咄咄逼人的架势给予回击。

"证据自然是东云乡刚才说的那句话咯。"

东云乡刚才说了什么?慕斯试着回忆,就在几分钟之前,东云乡勇敢地出面阻止了一场愈演愈烈的争吵,那时候脱口而出的话是:"现在最开心的是那个凶手,那家伙杀了徐凌度,杀了邱冰容,最后还杀了仇诚山……"

等一下,最后杀了仇诚山难道是指……

冯小菲看着慕斯一惊一乍的表情,心知她已经猜到了答案。

正如一名聪明能干的学徒，慕斯在夏落的身边无师自通地学会了察言观色的本事。

"我想你已经明白了，东云乡说'最后杀了仇诚山'这句话，很奇怪，不是吗？当仇诚山房间起火的时候，我们第一反应其实是认为凶手想要放火烧房子，把我们都烧死在这里。我们谁都不知道凶手的目标到底有哪些人，章实川和龚林杰无时无刻不在担心下一个死者会是自己，只有你——"冯小菲指着东云乡，斩钉截铁地说，"东云乡，你却明确说出了仇诚山是最后一个死者。这种事情除非是凶手本人，不然还有谁会知道呢？"

"这只是说错话而已……"东云乡无奈地解释道。

"这么巧你就说错了凶手要说的话？这种话你觉得警察相信吗？"

东云乡无从辩解，反倒是夏落站出来说："如果非要抓到警局审问才招供，那还要我们侦探做什么？"

"这种事情不用你说我也知道,哼!"小菲鼓起脸颊,对夏落表现出反抗的态度。

夏落问冯小菲:"东云乡这句话确实引人怀疑,不过在这之前我想知道,你看过仇诚山的尸体吗?"

"当然看过了!"小菲肯定地说,"是被勒死的,我推测凶器是睡袍的腰带。"

"你的表情不太自然哦,是害怕看到尸体吗?"

"才不是呢!"小菲立即否定了夏落的推测,随后又嘟囔了一句,"只是暂时还不太习惯……"

慕斯觉得这才是女孩子该有的表现,像夏落那样咬着糖像翻商场里换季打折的衣服一样把面目全非的尸体翻来翻去的女孩,只能算作怪胎了。

夏落其实并没有打算嘲笑冯小菲对尸体的恐惧,即便是自己，哪怕最初接触的尸体仅仅是实验标本，也消耗掉了她大部分勇气。经验和历练就是在这种情况下获得的，每个人都是从菜鸟开始成长起来的。冯小菲能知道仇诚山的真正死因，并推测出凶器，已经表明她对尸体做过非常细致的检查，哪怕她尚且无法坦然面对烧得焦黑的尸体，但也足够让夏落对她刮目相看了。

这孩子并没有把做侦探当做是彰显个性的游戏，而是相当认真地在做——只是尚显稚嫩。

于是，夏落继续引导冯小菲，她说："既然你知道仇诚山是被勒死的，那凶手为什么还要放火，那不是很多余吗？火警惊动了我们所有人，凶手要是没有及时逃离的话，可是会被逮个正着哦。"

"是为了形成一种模式。"小菲有模有样地解释道，"要知道，徐凌度死在冰库内，死因是冻死，他的女友邱冰容死在雪地里，死因也是冻死。这两起谋杀都用了非常极端的手段，让死者感受非同寻常的痛苦，这也表明凶手对死者怀有强烈的恨意。仇诚山的死却显得有点随意，也许因为杀他原本不在凶手的计划内。凶手应该只是想要向徐凌度和邱冰容复仇,但后来不得不改变计划杀仇诚山灭口,因为仇诚山发现了凶手的身份。可凶手无法让他和冻死关联起来,所以索性放了一把火。"

"很有趣的推论,你怎么知道仇诚山已经发现了凶手?"

冯小菲完全没意识到夏落是在刻意引导她,实际上,她甚至不觉得她的思路正在被夏落的语言左右,她只是用干脆利落的方式回答夏落提出的问题,而这些问题即使没有明确的回答,在场的人也能自己想到。但冯小菲没有掌握节奏,不小心便成夏落的"代言人"。

"仇诚山是在找到绳索以后突然改变了主意,把绳索抛下了山,这个奇怪的举动就是证明,他从绳索上推测出了凶手是怎么杀死邱冰容,并把尸体放置在雪地里的。他断了我们下山的路,一来是不想让别人发现这个秘密,二来肯定是想用这个来勒索凶手。可惜他偷鸡不成蚀把米,反倒被凶手灭了口。如果明白了这里的道理,凶手是谁自然就很清楚了,因为只有凶手有条件做得到。我说的是不是呢?东云乡?"

"我真的不懂你在说什么！"东云乡不知道要怎么解释，只能向夏落投去求助的目光。

于是，夏落问冯小菲："那么，你已经知道邱冰容的尸体出现在没有脚印的雪地里的诡计了咯？邱冰容的尸体是昨天上午九点被发现的，从身上覆盖的雪量推断，她被移到雪地里的时间应该没超过两个小时。东云乡可是七点之前就在餐厅里，并且那之后也只走开了一下，根本没有离开过别墅，你自己就是东云乡的不在场证明的证人。邱冰容的尸体被发现时，周围连一个脚印都没有，如果东云乡是凶手，要怎么在不离开别墅的情况下搬运尸体？又是怎么让雪地上一个脚印都没有？"

冯小菲似乎早已等待多时——关于这三起凶杀案中最匪夷所思的谜题——她像个迫不及待要把答案告诉老师以得到夸奖的学生，马上对夏落的提问给予回应："想想吧，夏落大侦探，尸体一开始就在雪地里，根本没有被移动过。尸体之所以没有被雪覆盖，是因为所有的操作都在房间内完成，地上当然不会留下脚印。这个诡计最不可思议的地方便是雪地里的脚印之谜，但我们都被这条线索误导了，想要从密室的角度去破解它。可实际上，造成这种结果并不是凶手刻意为之，恰恰是逼不得已才这样。这诡计的关键就是那根绳索。"

夏落并不惊讶，她甚至不用对冯小菲表现出任何做作的成分。冯小菲是一个很聪明的女孩子，她的洞察力和推理能力并不是靠看几本推理小说、学一点侦查知识就可以得到的。夏落看得出来，冯小菲到目前为止所表现出来的不成熟仅仅是推断不够准确罢了。

夏落很想听听她对邱冰容死亡之谜的推理，所以继续把表演的舞台让给冯小菲，让她吸引大家的视线。

"用绳子把人吊起来吗？等时间到了把绳子解开，让尸体落到雪地上？这样做也许不用离开别墅，东云乡的房间窗户朝向也确实能办到。但邱冰容的尸体是在雪地中间，离别墅很远，而别墅后边只有石墩和悬崖，连棵树都没有，要怎么把尸体吊起来呢？"夏落问冯小菲。

冯小菲伸出一根手指像节拍器那样左右摇摆，并发出"No、

No、No"的声音,示意夏落的推测全是错误的。

"根本不用吊起来啊!"小菲说,"看到绳索就想到把人吊起来,这种推断也太想当然了。这里的关键并不是怎么把人吊起来,而是怎么让雪不盖住尸体。"

"要怎么做?"

"当然是——"冯小菲快步走到慕斯跟前,指着慕斯手里的东西说,"秦小姐,这个借用一下。"

"我的手帕?"

因为胡娅莉刚才泼了夏落一身茶水,慕斯拿出手帕帮夏落擦脸。而在冯小菲和夏落展开推理角力的时候,她很认真地观察着两个人一唱一和的戏码,手帕还紧紧攥在手里。这会儿她把手帕递给冯小菲,不明白她要做什么。

"就像这样。"小菲从茶盘上拿起一把汤匙,把慕斯的手帕盖上去，"凶手只需要用一块防水布盖住尸体，然后在布的一端绑上绳子，到时候从窗口把布拉到房间就可以了。这种东西登山的人都有，从帐篷上剪一块下来就能用。如果用白色防水布，在雪地里根本看不出，所以也不用担心住在南侧的你们或者娅莉会从窗口看见。然后，东云乡在七点之后，悄悄溜到楼上，把尸体上的防水布扯掉，通过气窗回收之后藏好，这样只要上个洗手间的工夫就能处理好。"

原来是这样吗？看似如同魔法一般的杀人手法，真相居然如此简单吗？

"所以大家都该明白了，要做到这一点，只有房间朝南的人才可以。而房间朝南的只有娅莉、夏落、慕斯和东云乡四个人。凶手是谁已经显而易见了，不是吗？"

东云乡几近崩溃，从冷静到歇斯底里，就差一根压垮骆驼的稻草而已。

"这样的话，也不是只有我有嫌疑啊，你们不也一样吗？你们其实是装作侦探混进来杀人的疯子也说不定吧！刚才说的这些都仅仅是推测，连证据都没有，就一口认定我是凶手，这叫人怎么接受？说不定连这都是凶手的诡计，想把所有罪名嫁祸给我呢！"

夏落拍拍东云乡的肩，以示安慰。

"不用急，"夏落说，"刚才冯小菲的推理有一个漏洞，不用担心。"

"谢谢……"东云乡稍微冷静了一些，有气无力地跌坐在沙发上，但表情依旧焦虑。这种情形下，换了谁都无法保持镇定，如果东云乡是个攻击性强的人，恐怕小菲也没法好好地站在这里讲话了。

冯小菲听到夏落安慰东云乡的话，本来自信满满的笑脸瞬时蒙上了一层冰霜："你说我的推理有漏洞？怎么可能！"

"作为侦探，你应该自信，但是不能自负。显然，你从一开始就把我和慕斯排除在了嫌疑人名单外，这样的逻辑是站不住脚的。如果我不是真正的夏落，而是假扮成夏落的人，你该怎么办？伟大的侦探福尔摩斯就是一个易容高手，他的对手莫里亚蒂教授同样精通如何掩藏自己的本来面目，你所看到的你认为是'好人'的人，有时候往往才是最危险的人。你必须要有这样的觉悟，有时候甚至连至亲都不能完全信任。"

"你连你至亲的人都不相信？"冯小菲的反问几乎脱口而出。

在冯小菲看来，至亲不外乎父母、兄弟姐妹以及身边的好朋友，比如她自己，是无论如何都不会相信胡娅莉会做出犯罪行为，当然也不会认为自己会怀疑胡娅莉什么。所以她在反问夏落的时候，哪怕再怎么字斟句酌，语气中依然透着一股嘲讽的味道，就好像在嘲笑夏落："连最亲的人都不能信，你真是个冷血的家伙，号称名侦探的都是这样的人？"

夏落的表情变了，慕斯在她身边非常清楚地感受到这种变化——夏落在发抖。

这种情绪耐人寻味，夏落很明显是生气了，只是极力克制着不让情绪显露出来。她看小菲的眼神里没有任何谴责或怨恨，可她的手紧紧攥着，指甲甚至掐进肉里，这样都不足以让她从这情绪中释放出来。她一动不动，喉咙却连连震颤，眼角甚至泛起了雾气……

夏落是在自责吗？到底是什么样的事情让她不去怨恨别人的口无遮拦，反而来怪罪自己呢？慕斯觉得很奇怪。

"夏落？"

慕斯轻轻拉了拉夏落的衣袖，她的动作如同碰触到一个肥皂泡似的，夏落的愤怒突然便消失不见了，好像从来没有发生过似的。

"没事，我没事。"夏落轻声回答慕斯，然后，她转向冯小菲，说，"我知道你现在很难理解这些东西，但莫里亚蒂并不是只存在在小说里。如果你了解'莱辛巴赫剧院杀人案'，你就该知道，像莫里亚蒂那样的人是真实存在的。"

这次冯小菲没有和夏落作对，点点头，说："我当然知道，那是你解决的第一个案件，凶手和幕后主谋一并落网。那个案件的侦破也是一系列让警方谈之色变的杀人案的终结。所有的案件都是一个人策划的，那是一个非常著名的数学教授，也是个可怕的犯罪大师。侦破此案的时候你才十八岁。虽然警方没有公开案件细节，包括到底是什么人揪出了真凶——反正说了也只会让他们颜面扫地而已——但在侦探圈子里，很多人是知道'夏落'这个名字的。"

原来夏落还有这样的过去？

慕斯懊恼地发现，自己对夏落的过去一点也不了解。她以前是什么样的人，在什么地方上学，有哪些朋友，她的父母现在又在哪里……夏落从来没有对慕斯说过这些，她只说过自己没有念完高中，也没有好好体验过校园生活。难道和那个案子有关？

慕斯盯着夏落，突然觉得这张熟悉的脸上多了几分神秘。好像一首用古文写成的诗词，隐隐知道写的是什么内容，但要弄清楚其中真正的意思，却总是不得要领。

同时，慕斯又忍不住想，虽然冯小菲是以挑战者的姿态站在夏落面前，但她对夏落的过去了如指掌，这是不是意味着，她实际上也是夏落的追随者呢？就好像自己在演艺圈也有非常崇敬的前辈那样。因为喜欢那个人，所以千方百计想要成为那样的人。

"我们把话扯远了。"夏落示意关于过去的话题可以搁置一边，眼下这个案子更加迫切，"我认为你的推论有漏洞，并不是故意要和你作对。如果像你说的，东云乡把邱冰容杀害后，用防水布盖住尸体，那么在防水布和绳子回收后，这些东西藏在哪里呢？"

"当然是在房间里了！"

"那我们去搜搜看吧。"夏落提议道，随即她转向东云乡，"你愿意让我们搜查你的房间吗？"

东云乡当然没有理由拒绝，上楼很大方地打开房门，让大家进去搜。

然而，冯小菲几乎把房间翻了个底朝天，连地毯也全部掀了起来,床也差点被她拆掉,却死活找不到她说的那块防水布。

"对了!一定是和仇诚山的尸体一起烧掉了。放火的真正目的就是这个!"冯小菲在搜查证据失败后,又迅速做出了新的推测。

夏落叹了口气,知道这样下去不会有什么实质意义,她决定把破案的主导权重新拿回自己手里。

她对冯小菲说:"回答我几个问题,你就会明白你的漏洞在哪里。第一个问题,邱冰容是怎么死的?"

"邱冰容怎么死的?"冯小菲一愣,这个问题的答案所有人都知道,她实在不明白夏落这么问她是出于什么目的,但依然答道,"当然是冻死的。"

"第二个问题,她是怎么被冻死的?"

"毒药让她全身麻痹,然后被凶手放置在室外,活生生地冻死的。邱冰容的脚底有一个很小的伤口,恐怕是凶手把毒药涂在图钉上，然后放在她房门外，邱冰容从房间走出来踩到图钉，然后很快就被麻痹，失去了行动能力。拥有这种效力的毒药，据我所知，南美丛林里有几种蛇的毒液是可以办到的。徐凌度的死因应该和邱冰容一样，不过他死后还遭到了肢解。"

夏落点点头，继续问："既然如此，为什么不直接把她关进冰库冻死来得省事呢？"

"都说了凶手是为了制造不在场的证明，才把邱冰容放在雪地里，然后让雪尽量少地盖在她身上，制造了'七点以后才被搬来雪地'的假象。于是嫌疑就落到了迟迟不下楼的仇诚山和一直在房间里的娅莉的身上。"

"那最后一个问题。"夏落打出了她的王牌，"如果仇诚山没那么聪明，没有发现凶手制造不在场证明的诡计，那么他也不会被凶手灭口，自然也不会被勒死后焚尸。那么请问，凶手在没有预见到仇诚山识破自己的诡计的前提下，要如何处理盖在邱冰容身上的防水布和绳索？收在自己房里可不太安全，但想丢下山的话，还要想办法避开别墅内的所有人。要知道，邱冰容的尸体被发现后，除了我和慕斯，没有人离开过屋子。当然，你偷偷跑出去检查邱冰容的尸体的事，我确实没有注意到。"

冯小菲终于明白了她推理中一个很致命的漏洞：仇诚山实际上是计划外的被害者，凶手原本没有计划杀仇诚山，自然不会有处理犯罪证据的考虑。那么，按照她的推论，在事后如何处理覆盖在邱冰容身上的防水布的问题，确实是个麻烦。

"另外，如果邱冰容从夜里就一直躺在雪地里，哪怕身上盖着防水布，但她身边的积雪依然会增厚，那么到了早上，我们看到的应该是一具深陷在雪地中的尸体，而不是现在这样躺在雪地上仅有少部分躯体陷入雪地，更不会有头往胸口的方向抬起、双手张开呈十字架状的奇怪造型。最后一点，用绳索从尸体身上拉走防水布，会在尸体周围留下拖拽的痕迹。我们所看到的邱冰容的尸体周围是平整的雪地，没有脚印，也没有别的奇怪的痕迹，不是吗？"

冯小菲说不出话来，懊恼和不甘的神情交替出现在她的脸上，本以为天衣无缝的推理居然这般错漏百出，夏落只用一个问题就推翻了她全部的观点。冯小菲从未觉得自己竟如此弱小，就在几分钟前她还坚信自己能够打败夏落，让这个十八岁已经成名的侦探甘拜下风。

"当然，你也不是全部都讲错。"夏落拍拍冯小菲的肩膀，"你已经推测出了大部分经过，你很聪明，有足够成为侦探的素质，只是缺少经验。"

"你说的是真的吗？"

夏落闻声望向冯小菲身后的胡娅莉，这个女孩脸上带着万分期待的表情等着夏落的回答，好像夏落对冯小菲的肯定也是对她自己的肯定一样。"当然是真的，我说过，侦探应该有自信，但不能自负。"夏落不禁有些好奇冯小菲和胡娅莉的关系，但眼下发生在别墅里的杀人惨剧才迫在眉睫，好在她已经有足够的把握来解开谜团，"那么，接下来，由我来说明这次杀人案的真相吧。"

以大侦探福尔摩斯之名自居的少女现在要亲手拉开这神秘诡异事件最终回的幕布了⋯⋯

CHAPTER 10

现场的气氛格外肃静。

在这个别墅里连续发生了三起凶杀案,并且每个死者都被超越常识的手段杀害,但因为下山的道路被阻断,人们甚至无法逃离这地狱。阴云笼罩着别墅,一群登山社团的成员和误入这里的侦探,不但要展开智力与勇气的较量,还会时刻被恐惧纠缠,和残忍的杀人凶手为伴。这样惶惶不可终日,在场的人没有发疯就已经是心理素质优秀了。始终能保持冷静和镇定的,只有侦探夏落和同样以侦探自居的高中生冯小菲。

在座的几个人当中,最容易一惊一乍的是龚林杰,他是个内心和外表都很轻浮的人，不精明，易冲动，会为了利益做出蠢事来；章实川虽然高大壮实，不论是肢解徐凌度，还是杀死邱冰容，以他的体格都是轻而易举的事情，可他胆小如鼠，最怕事的同时也最怕死，实在无法把他和杀人不眨眼的凶手联系在一起；东云乡十分低调，谦虚而温柔，让人充满好感，但并不能因此就断定这个人没有作案的嫌疑。至于冯小菲和胡娅莉两个人，单论动机，应该是胡娅莉最具备杀人的理由，而冯小菲成为其帮凶甚至主谋的机会也非常大，但夏落已经把她们两个从嫌疑人名单中剔除了。夏落有理由相信，她们无法成为凶手。

那么凶手只能在那三个人当中了。

夏落目光扫过那三个人的脸，从最开始时的和睦融洽到现在的相互猜疑，他们的关系已经岌岌可危，越和他们接触就越容易发现那些刻意隐藏起来的真面目。也许其中两个人还保有善良的灵魂，但那个对所有人撒谎的凶手没有，不论出于什么理由，谋杀便是罪恶，必须受到法律的制裁！

因为冯小菲的推断，众人来到东云乡的房间寻找所谓的防水布，结果当然是无疾而终。面对冯小菲缺乏证据的指控，东云乡并没有太介意，而是把全部希望都寄托在夏落身上，期待夏落更好的解答。

夏落稍微整理了一下思绪，在这个错综复杂的事件中，她所看到的真相掩藏在层层叠叠的谎言当中，指向真相的那根线并不分明，犹如地板上的木纹，当你沿着脉络去追寻源头的时候，很容易因为无端的干扰而失去方向，不得不从头开始。夏落之前花费了大量的精力想去理清这些线索，直到刚才胡娅莉泼了她一身茶水，某个突然而至的灵感穿过她的脑延，如同一把锋利的斧子劈开了遮挡视线的荆棘，她又重新抓住了那根线，并沿着它到达了真相所在！

现在，夏落脑子里的拼图已经完整，清晰地显示出了所有的细节，当然，还有那个凶手的名字。但这并没有让夏落高兴起来，她始终抱有愧疚，如果她比仇诚山更早察觉到绳索的用途，那么仇诚山就不会死。尽管仇诚山不招人喜欢，但他不该死。有千万种方式可以让他受到惩罚，唯独"被杀害"不应该出现在选项当中。

这不就是侦探的使命吗？发现那些被埋藏的真相，并挽救那些迷途的人。

"在这里，有人犯下了三起杀人案。徐凌度最早遇害，凶手比我们更早来到这栋别墅，用毒药麻痹了徐凌度，然后把他关进冰库，活活冻死，之后再肢解了他。在杀害徐凌度后，凶手假装徐凌度感冒的样子打电话给邱冰容，叫她通知所有人聚会的事情。然后给将要来到这里的冯小菲留下便条，便条里已经分配好房间。女的住南侧房间，男的住北侧房间，目的是让凶手能够杀害邱冰容，完成布局。之后凶手下山，第二天再假装刚到，和大家汇合。这是徐凌度死亡的真相，并没有太多悬念。只不过凶手没有料到我和慕斯这两个不速之客的到来，我猜测起先凶手应该挺高兴，因为有越多的目击者便能得到越多对自己有利的证词。可惜，凶手很不幸地遇到了我这个侦探。当然，我也没有料到这里除了我之外还有第二名侦探。"

夏落冲冯小菲一笑，冯小菲倒是不怎么乐意领情。

"接着我要说明的，是邱冰容死亡的真相。"夏落扫过每一个人的脸,缓缓地开口,"邱冰容的死因,刚才小菲已经解释过了,同样是被毒药麻痹之后被放置到雪地里,活活冻死。邱冰容的尸体一直都在雪地里,没有被搬动过,所以尸体周围的雪地上一个脚印都没有。不过这里有一个矛盾的地方,那就是雪会盖住尸体。小菲认为凶手在邱冰容的尸体上覆盖了防水布,并在之后移走,以制造自己的不在场证明。但我也说过,如果在尸体上覆盖防水布,随着时间推移,尸体周围的雪会积厚,在拿掉防水布后,尸体会陷入积雪中。实际上,尸体并没有陷进去,仅仅只是脚的一部分埋在积雪里罢了。小菲在她的推理中忽略了一个重要的细节,那就是尸体的姿势非常奇怪。邱冰容在雪地里双手打开、双腿并拢,呈十字架的样子,而头又抬起往胸口靠。如果只是把尸体平放在雪地上,被麻痹的邱冰容是无法抬起头的,而随着死后尸体的僵硬,凶手在事后也无法把她的头抬起。那么,这到底是怎么回事呢?"

慕斯像个好学的学生,马上接过夏落的提问:"是不是凶手在邱冰容的脑袋下垫了东西?"

"很合理的解释!"夏落对慕斯的配合给予了大大的表扬,

接着说，"不过是错误的。"

"错的你说那么认真干嘛……"慕斯没好气地说。

"慕斯，你做过晴天娃娃吗？"夏落突然问了个和案件不相关的问题。

"做过啊，拿块白布，然后放个乒乓球进去，用线绳扎起来，画上脸，挂起来就成了。"

"是啊，据说遇上下雨，晴天娃娃的头会朝下。"

"这没什么科学根据吧……咦？"

慕斯显然是想到了非常关键的事情，表情一下子僵住了。夏落很满意慕斯的这个反应，作为侦探的助手，慕斯既不会笨到完全不懂自己的话，又没聪明到自己才说一个字就什么都明白了。

"你想到了，对吧？"夏落的视线从慕斯的脸上移开，然后扫过在场的每一个人，最终落在凶手的脸上，她说："是的，和晴天娃娃一样，邱冰容的头之所以那个样子，是因为她当时被垂直吊了起来，导致头自然下垂。随着死后尸体僵硬，平放在雪地上时，就会看起来像是往上抬一样。正因为她是被吊起来的，雪只会落在她的肩膀和头顶上，放平后身上当然不会盖着雪，而且也不会深陷在雪地里。"

"等等！"冯小菲打断道，"这不合理啊，那地方连棵树都没有，怎么把邱冰容垂直吊起来？"

夏落笑着说："把一个人吊起来并不一定要竖着向上吊起，想想邱冰容为什么会双手打开，再想想妈妈们是怎么晾床单的。"

"居然是这样！"冯小菲恍然大悟。

"起初我也没有想到，直到胡娅莉泼我一身茶水，当时慕斯说'衣服晾不干'，这才给了我启发。最初看到徐凌度的尸体时，我以为凶手脱了他的衣服让他赤身裸体地冻死在冰库里，是因为凶手和他有深仇大恨，想羞辱他，再让他无比痛苦，以此折磨他。但邱冰容的衣服穿得好好的，整整齐齐，死得也干干净净，前后的不一致让我一度怀疑凶手是两个人。"

"你不会怀疑我和娅莉了吧？"冯小菲有些生气。

"是的。"夏落毫不避讳冯小菲的眼神，两人视线交集处甚至能感受到电火花。

对夏落来说，逗弄冯小菲似乎是件相当有趣的事情，也许冯小菲可爱的长相也是一部分原因，看她的脸颊因为生气而一鼓一鼓的样子，慕斯也觉得实在太可爱了。

"后来我意识到你们两个不可能是凶手，这个等一下会解释。"夏落继续说，"凶手把登山用的绳索从邱冰容的睡衣袖口穿进去，再从另一边袖口拉出来，这样邱冰容便被串在绳索上了。那间工具间后面越过石墩就是悬崖，只要把绳子抛过工具间的顶棚，在绳索的一头绑上重物，另一头接到二楼的房间里，绑在床脚或者窗梢上，这样一来，工具间的顶棚就成了一个简易滑轮,只要绳索那头的重物比邱冰容本人重,就能让她垂直吊在雪地上方。邱冰容身上穿的丝质睡衣在浇上水冻住之后会非常结实,足够支撑她的体重,这一点你们登山社团的人应该比我更清楚。不过,为了让邱冰容的尸体在落地时不至于摔成骨折而让人看出异状,凶手也不能把她吊得太高,而且吊太高落下来的话,还是会陷进雪地里。凶手考虑到了这两点,所以让她的尸体尽量靠近地面,即使双脚触地也没问题——说不定整个晚上邱冰容都'站在'雪地里。又因为二楼和工具间的顶棚有高度差,绳索倾斜向下,所以邱冰容会因为惯性滑向靠工具间的那边。前半夜邱冰容还清醒,能看到凶手的面容,能听到凶手的声音,却无法动弹。在这冰天雪地里她只能一点一点被抽走体温,用这种方式杀害一个人,凶手的内心简直比魔鬼还要残忍!"

说到这里,夏落停下,再一次扫视在场的众人,他们一定也在想象那情景,那种漆黑中的绝望感让人不寒而栗。但他们连邱冰容万分之一的痛苦都不可能体会到,还活着的人是无法明白邱冰容死时那种绝望的,正如他们无法体会当年胡娅希摔落悬崖,在悬崖底下因为骨折而无法行动,求救又无人应答的绝望。

夏落很难过，她从邱冰容的死亡中察觉到凶手那令人窒息的恨意，也能明白这仇恨的由来，可她依旧无法原谅这一切，在凶手受到法律制裁并且在狱中真正悔过之前，她都无法原谅做出这种事情的那个人，所以她准备好了舞台，必定要在所有人面前揭穿一切。

"把邱冰容吊在雪地上是个非常冒险的做法，但因为室外气温低，屋内有暖气，内外的温差让落地窗上全是雾，根本看不清外头。而我们的窗户又是窗口朝下只能开启六十度的气窗，视野极小，以致于邱冰容在外头一整夜也没有人发现。但天亮以后就不好说了，所以凶手在早上七点以后，趁有人走到屋外之前回房间解开绳索。绳索的另一头吊着重物，一松开自然会掉下山，而邱冰容就躺在雪地上了，因为尸体僵硬的关系也不用担心她躺不平。唯一没办法的是她双手张开这件事，不过，由于被雪地上一个脚印也没有、看起来好像密室一般的手法误导，一般人也不会去深究她这个姿势的含义，甚至会产生十字架的联想而往错误的方向上调查。"

夏落的这番发言听上去几乎异想天开，这样的手法真的是一个精神正常的人能够想出来的吗？但夏落的话又让人不得不相信这是事实，因为每一条线索都合情合理地指向了这一结果。如果他们现在去检查工具间的顶棚，一定能够发现绳索从上面拖过的新鲜刮痕。这一切是真的，而结果也只有一个，凶手不但是个冷酷残忍的杀手，还是一个极端聪明的高智商罪犯。这样的人竟然在他们中间？简直难以置信。

"可是，有一点我不明白。"冯小菲对夏落的陈述存有怀疑，就像夏落质疑她的推断一样，她发现了这个诡计中最大的漏洞，"用绳子把邱冰容吊起来确实能够办到，但你说的重物要怎么办？邱冰容就算再苗条，也有四十多公斤吧，上哪里找等重量的东西吊在绳子另一头啊？别墅的院子里连块石头都没有，工具间里更没有这样的东西了，要是别墅里的东西不翼而飞的话，我早就发现了。你说的重物到底是什么？"

夏落嘴角微微一勾，问小菲："这别墅里有一个地方，即便丢了东西也绝对不会被注意到。"

"怎么可能嘛！"

"当然有可能,因为在我们发现徐凌度被肢解的尸体之后,就再没有进去过了。"

"你说冰库?"

夏落露出"你很聪明"的笑容来,对小菲点点头:"是啊,你记得冰库里有多少冷冻肉吗?"

冯小菲当然不可能记得,虽然不足一年,但她自做侦探以来就没有见过这么恐怖的景象,打开冰库的瞬间她真的被吓得魂飞魄散,之后重回冰库检查徐凌度的尸体可以说是她人生中最大的一次冒险。

"我们都不知道冰库里有多少冻肉。徐凌度死后还遭到肢解,冰库里喷满了血。其实这一点就很不合理,冻得硬邦邦的尸体切得再碎也不可能让血溅上天花板,凶手显然是事后泼了其他动物的血上去。可是,为什么要这么做呢?"

冯小菲没再问下去,事实上,连慕斯也懂得凶手欲盖弥彰的伎俩。

"这么做是要让我们不敢进去,也不敢再碰冰库里的东西吧?"一直在一旁静静听着的胡娅莉幽幽地插了一句,她是在场唯一没有看过冰库内情景的人,不过她可以想象那画面给人造成了多大的伤害,她从小菲的脸上读到了一切。

"所以,就算冰库里少了什么我们也不可能发现,除非……"慕斯看着夏落,对她的胆量佩服得五体投地。

"是啊,除非像我这样可以面不改色地进去搜。"夏落说,"冰库这么大,里面储藏的各类肉品足够别墅里的人度过整个冬天,少四十公斤的肉真的没人会知道。凶手显然也知道这一点,为了布置杀害邱冰容的舞台,才要在我们到来之前先一步到别墅杀死徐凌度,并将他肢解。看过冰库里的血腥场景后,心理正常的人都不会再有食欲,就算吃得下肉,冰库里那些被溅了血的冻肉也无法食用,凶手当然也就不用担心会有人发现肉少了的事情。凶手只要多准备一个空背包,把这四十多公斤肉装进去,吊在绳索另一头就可以了。"

还有比这更可怕的计策吗？慕斯相信自己是从来没有遇见过能把杀人策划得如同一场配合完美的演出那般，简直就像——

"魔鬼的游戏。"

夏落嘴里说出那个可怕的词来。

慕斯不知道，夏落在她的侦探生涯当中遇到过所有诡异神秘的案件，或者错综复杂，或者凶险非常，但能把每一个环节都精密计算到并完美实施的，却只有一个，不，现在出现第二个了。第一个是让她下定决心走上侦探这条路的"莱辛巴赫剧院杀人案"。那个事件的主谋——自称"莫里亚蒂"的天才数学家——最喜欢把犯罪计划称作"魔鬼的游戏"，操纵那些被仇恨驱使或者被欲望迷惑的人犯下血案，对于失败者，他还会亲手设下陷阱灭口。

难道世上真的还有和那个绝顶聪明又冷酷无情的"莫里亚蒂"不相上下的家伙？并且现在正等着夏落一步一步揭穿自己的杀人诡计？

想到这里，夏落突然有些坐立不安，如果真有这么一个人的话，想要抓住这个人可并非那么容易。

"夏落！"慕斯推了推夏落，"你的表情有点可怕。"

不仅仅是慕斯，在场的所有人都看到了，比小菲说出"你连亲人都不信"这话时更加怒火中烧的表情出现在夏落脸上。

夏落为自己的失态感到羞愧，侦探不应该被内心那些黑暗的念头所左右，变得不再冷静，也变得感情用事。

"对不起。"夏落轻声致歉，与其说她是在向身边的人道歉，倒不如说是在说给自己。她必须重新审视自己作为侦探的职责，还要向心中的神明、她唯一的偶像——伟大的侦探夏洛克·福尔摩斯保证，不再意气用事。

夏落清了清嗓子，把注意力投向欲言又止的冯小菲，她刚才就察觉到冯小菲想要发问，却被自己的表情吓到而犹豫要不要继续追问下去。

"关于邱冰容的死,你是不是还有问题要问?"夏落给了冯小菲发言的机会。

"是的,"冯小菲马上说,"邱冰容的死还有一个疑点,你没有说明。"

"你是想问,为什么她明明在自己房间里,却还是被杀了?"

"对啊,仇诚山的死是因为他给凶手开了门,让凶手进了屋子,给了凶手可乘之机。但邱冰容应该不是这样的。你把我手里的备用钥匙烧了,所有人手里只拿着自己的钥匙。你也警告过大家晚上一定要锁好房门,不管谁敲门都不要开。邱冰容房间里的床是躺过的,浴室也使用过,说明邱冰容洗过澡躺床上准备睡觉,后来却打开门走了出去,这个行为让人难以理解。"

"你既然知道邱冰容是自己走出去,而不是凶手闯入把她绑走的,说明你其实已经知道那个答案了,不是吗?你之所以锁定凶手不也是因为这个吗?"

"但你推翻了我的推理,所以我开始怀疑自己的结论了。"冯小菲实话实说。

冯小菲的可爱、诚实以及聪明都让夏落忍不住想给她一个大大的拥抱。夏落很想告诉小菲"侦探应该自信",不过,她想把这个奖励留在凶手俯首认罪之后。

"我的答案和你的答案是一样的。"夏落肯定地回答。

冯小菲一愣,有些不太肯定:"真的是这样?"

"是啊,邱冰容是被凶手设计骗出房间,然后踩上了撒在房门外的涂了毒的图钉,被麻痹之后搬到雪地里冻死的。"

"但是要怎么骗啊?"慕斯问夏落。

"当然不是用花言巧语咯。"夏落朝慕斯眨眨眼,好像慕斯很容易被花言巧语骗似的。

"发现徐凌度的尸体之后,我提醒过大家,凶手在我们当中。在这种情况下,所有人都不能相信,那么不管是谁在邱冰容房门外说什么话,她都不会傻到开门出去。只有一种情况能把她从房间里骗出来。"

夏落稍作停顿,无声的鼓点击打在所有人的心头,好像急促而又紧张的节奏越来越接近,所有人都等着夏落把谜底说出来。

"那就是火灾。"

出乎所有人意料的答案,真正把邱冰容骗出房间的方法竟然是这个?

"你是说在她门口放火?!太蠢了吧,走廊里没有被烧过的痕迹啊。"龚林杰跳起来,他的呼吸有些急促。

"大家回想一下吧,"夏落说,"仇诚山死的时候我们都在自己房间里,最开始看到火了吗?并没有,直到听到走廊里的火警响了,大家才从房间里跑出来,情急之下甚至连衣服都没有穿整齐。别墅里到处都装有烟雾报警器,拿壁炉里的木柴就能触发它,之后整栋别墅就会吵翻天,邱冰容听到火警警报自然会以为别墅失火,于是就会跑出房间,中了凶手设下的陷阱。不过凶手应该做了两手准备,如果邱冰容太慌张没穿鞋就跑出来,那么自然就踩上了撒在房门口的图钉。如果她穿了鞋,或者警觉性很高没有中陷阱,那早就埋伏在边上的凶手也会自己动手。反正只要邱冰容出了房间,其他的事情就好办了。"

这的确说得通,在发生了杀人案的别墅内,每个人都神经紧绷着,要是听到火警警报,第一时间想到的一定是凶手企图放火烧死大家吧。这种时候,任谁也不会安心地继续在房间里窝着。

然而,夏落的这个解释虽然合理,但其中有一个自相矛盾的地方。

"要是第一天晚上有火警,我们怎么听不到?难道是见鬼吗?"章实川又在说不着边际的话。

"那是因为第一天晚上我们都被下了安眠药——就在我们吃

的晚餐里。"

现场鸦雀无声,他们多多少少都对第一天晚上睡得过沉而感到不对劲,可一想到可能是因为发生了凶杀案而受惊过度才感到疲惫,也就没有深究,包括夏落也一样。

"我们都没有察觉到自己吃了安眠药,只觉得发生了凶杀案,再加上血腥的尸体给我们刺激太大,所以才会特别累,吃过晚饭就早早回房睡了,甚至连怎么睡过去的都没有印象。那正是凶手的把戏。另外,凶手还要切断别墅的内线电话,确保第二天早上小菲不能用电话来叫醒大家。因为要是用电话的话,会直接被叫醒,而让小菲一个房间一个房间敲门过去,那么对于昨晚吃了比较多安眠药的人,就不那么容易被叫醒。利用雪地来制造不在场证明,需要一两个确实不在场的人才行,否则七点的时候所有人都坐在楼下,连个嫌疑人都没有,不在场证明反而会暴露刻意布局的痕迹。"

"那天的晚饭是你做的!"龚林杰指着东云乡喊道,"果然还是你杀了那三个人吗?"

"不是的！"东云乡又一次被扣上凶手的帽子，连连摆手否认，"我也和你们一起吃了晚饭啊，而且还吃了很多，一直睡到天亮，怎么可能出来杀人？没有吃晚饭的只有邱冰容学姐啊。"

章实川一副不可置信的样子，叫起来："这么说是邱冰容自己下的药？可又是谁把她杀了？"

"邱冰容确实没有吃被加了安眠药的晚饭，所以她才可以听到火警，这都是凶手计划好的。除了邱冰容之外，凶手自己也不能吃，这样才能在半夜把邱冰容骗出来杀死。也只有等我们都睡熟了，凶手才能大摇大摆地在别墅里进进出出，完成一系列工作，最后把邱冰容吊在雪地里。"

慕斯觉得夏落越解释，自己反而越混乱，这论断中最大的矛盾就是：第一天晚上吃饭时，只有邱冰容一个人吃了两口就放下了餐具，其他人都吃了东西。可夏落说凶手没有吃？这到底是怎么回事？

她质疑道："这说不通吧？我们所有人都吃了土豆色拉，难道说凶手不在我们中间？"

"我们的确都吃了土豆色拉。"夏落没有反驳慕斯的提问，而是转头看了一眼冯小菲。

冯小菲坚定的眼神告诉夏落，她已经知道那个答案，两个人就像考试中偷偷对答案的同桌，只用对视便完成了对话。

然后，夏落面对龚林杰、章实川还有东云乡说："来这里的第一个晚上，徐凌度的尸体给我们留下了非常深刻的印象，我想那之后大家应该都没有胃口再吃肉，肢解徐凌度的另一个目的就在这里。凶手让我们对肉食产生抵触心理，还让小菲受到了惊吓。不管事后小菲有没有力气去做饭，当她打开冰箱看到各种肉类、水果、蔬菜，还有沙拉酱时，理所当然地会避开肉食，选择做土豆色拉。凶手利用我们的心理弱点安排了这顿晚餐，让我们吃下安眠药。你们不觉得那天的晚餐之所以难以下咽，除了凶杀案的因素之外，和味道实在太淡也有关系吗？"

因为东西太淡而吃不下，但不吃东西又会饿，这种时候能指望的就只有桌上的调料了。夏落提示到这个地步，再笨的人也明白凶手是如何下药的了。

"没错，安眠药并不是下在色拉里，而是下在盐里！"

这句话像一道霹雳打在那三个人的背脊上，隐藏在这三人当中的那个被复仇之心蛊惑了灵魂的残忍的凶手，此时后背已经湿透。

夏落的声音既遗憾又痛苦，揪出凶手并没有让她觉得愉悦，因为她对那个人原本相当有好感。

"那天自告奋勇去做饭，而且没有往色拉上撒盐的人就只有你了，东云乡！"

CHAPTER 11

夏落所指的凶手和冯小菲所指的凶手,都是东云乡。

现在想来,夏落说冯小菲的推理并不完全是错的,意思其实挺明显,小菲知道盐里下了安眠药的诡计,所以她认定凶手是东云乡。而仇诚山比其他人更早察觉到这个秘密,直接导致他被灭口。夏落之前并没有打算帮东云乡辩护,她只是想要纠正冯小菲推理中的错误而已。

"我是被陷害的!我只不过是凑巧喜欢吃清淡的东西,怎么这样也成了杀人的证据呢?而且学姐吃不吃东西谁能控制啊?我可没这种能力!如果学姐和我们一样吃了晚饭,撒了盐,那她夜里也会睡死过去啊。你所谓的凶手的计划不就泡汤了吗？"东云乡坚持为自己辩护着，但在夏落眼里，这不过是徒劳的挣扎罢了。

"你当然能让她不吃饭。"夏落说，"你做饭用的是全脂沙拉酱！虽然我吃不胖，慕斯也不在乎油，但一看邱冰容那身材就知道她肯定是那种吃肉要挑肥瘦、喝水都要算卡路里的人，我刚来的时候就看到她红茶里都不多放糖。全脂沙拉酱？她怎么可能会吃！"

这种事情身为男人的龚林杰和章实川是无法明白的——所谓女人的斤斤计较。但从夏落嘴里说出来，慕斯却有些生气——吃不胖就算了，什么叫不在乎油？

"难怪冰箱里明明有低脂沙拉酱，却没动过，我还以为东云乡口味特殊……"冯小菲喃喃道，而胡娅莉也露出苦笑的表情。

"那只是巧合罢了！低脂沙拉酱也好，全脂沙拉酱也好，这些都无所谓吧？说到底，真正的凶手也许用了什么特别的方法，让我一再遭到怀疑。那个人真是太可恶了！"

"最可恶的是执迷不悟的你啊！"夏落厉声说道，"仇诚山为什么会死后被焚尸，并不是因为他必须要和前面两个冻死的死者形成什么死亡规则，也不是凶手想要放火烧毁别墅、烧死我们所有人，而是为了毁灭房间里的证据，那些证据会明确地指出你是凶手。"

"什么证据？"冯小菲和慕斯同时发问，她们都没有想到仇诚山的死还有这一层意思。

"头发和皮屑。"

夏落的这个结论如同一把利剑，哪怕东云乡举着全世界最坚固的盾牌也无济于事。她毫不留情地一剑贯穿，直接刺中东云乡咽喉，叫人哑口无言。

"我一开始不明白仇诚山为什么要把房间收拾得那么干净，那些显然不是凶手做的，因为凶手没机会再给我们下一次安眠药，不可能有整个晚上的时间慢悠悠地布置杀人现场。凶手在杀仇诚山之后必须分秒必争，免得被谁撞见。就像冯小菲推断的那样，仇诚山被杀是计划外的，凶手在情急之下才想到一个办法让自己不至于被怀疑。仇诚山很精明，发现凶手后没有告发，而是把凶手叫去房间。他显然是为了和凶手谈交易，那么这种情况下，他肯定要提防凶手把他灭口。他收拾房间是为了使凶手拿不到能置他于死地的武器。但换作我们是仇诚山的话，我们会怎么做呢？凶手来到房间，两手空空，但说不定身上还藏着匕首什么的吧？那就必须要脱光衣服才能好好交谈了，而且还不能离得太近。凶手在仇诚山的房间里脱个精光，就算不触摸任何东西，不留下指纹，但身上的皮屑和毛发之类的东西必定会掉落在地毯上。如果凶手的头发和仇诚山的头发有明显的不同之处，警方来调查取证必定会发现蛛丝马迹，按理说除了冯小菲之外就没有人进过仇诚山房间，却在命案现场发现了仇诚山和冯小菲之外的第三个人来过的痕迹，这就跟仇诚山的房间里写满了凶手的名字一样。哪怕给凶手一整晚的时间，也没办法找到并捡起掉下来的所有毛发或者皮屑。时间紧迫，只能一把火烧干净。每个房间的床头柜里都有火柴，一场火灾是最容易、也是最快捷的毁灭证据的方法。就算到时候警方在现场提取到了凶手的DNA，也可以辩解说是灭火时留下的,毕竟着火以后,我们每个人都进过仇诚山的房间。

"凶手也许考虑过自己作为第一个发现尸体的人,谎称自己走进仇诚山的房间看到了尸体,好让现场留下的证据变得合理。但这样做反而会让自己成为最大的嫌疑人,因为要撒一大堆的谎来解释自己为什么要去仇诚山的房间以及如何进入仇诚山的房间。何况这里的门的设计和酒店是相同的,打开后自动关闭,然后从内部上锁。凶手出了仇诚山的房间,门就关上了,要重新打开只能破门而入,但凶手显然没有这个机会。和撞开邱冰容的房间门时一样,龚林杰和章实川才是破门的最佳人选。而有我这个侦探在场,强行打开大门之后所有人都会被我拦在外头不准进入。那对凶手将会非常不利。"

夏落说到这里,停下来看着东云乡,但是东云乡没有辩解。于是,夏落又说:

"如果仇诚山只是想要钱,大可不必让凶手走进房间,他只要把自己的银行账号写在纸条上从凶手房间的门缝里塞进去就行了。有什么交易必须要冒着被杀的风险让凶手进自己房间还站自己面前呢？"

慕斯这下听懂了，她红着脸说出了自己这二十多年人生中极少提及的一个字："你是说……性？"

这是一目了然的事情，仇诚山本就不是什么正人君子，要是发现自己可以要挟的人是个女人，提那种要求简直是理所当然的事。退一万步讲，哪怕仇诚山是个同性恋，也不会放过这种机会的吧，当然，除非仇诚山的口味真的很特别，否则也会对长得一点也不帅的龚林杰或者一身肥膘的章实川提性要求。

虽然这说法挺伤人，不过是事实。

"我想你们几个应该比我了解仇诚山。首先他不是同性恋，那么让他如此有兴趣的凶手只会是个女人。除了已经死去的邱冰容之外，在别墅里的女性还有冯小菲、胡娅莉、我跟慕斯。当然还有东云乡，你是唯一一个没有在色拉里加盐的人，并且是女性！你的房间就在我隔壁，一样是朝南，有足够的条件把邱冰容的尸体吊起来。如果你还觉得证据不足,那就请打开你的窗户。室外气温在零下,还经历过长时间的暴风雪,我们的窗轴其实都冻住了,非常难开启。唯独你房间的窗户因为杀邱冰容的那一晚一直开着,所以现在能轻松打开。你要是认为自己是被人陷害的,那就打开窗户证明给我们看好了。"

这时候,每个人的表情都各不相同,或者迷惘,或者期待,或者愤怒,只有夏落一个人在惋惜。她不知道东云乡和胡娅希究竟是什么关系,但那巨大的仇恨竟然能让一个不到二十岁的女大学生做下如此血腥的罪案,人类心底里的魔鬼究竟是多可怕的存在?

东云乡走到窗前,手放在窗台上,脸色因为过于痛苦而显得苍白,她极力想要控制自己的情绪,结果反而使自己看起来像个在爆发边缘几近崩溃的可怜人。此时,她的内心一定经历了千百回争斗,乱得可怕吧。最后,东云乡像是放下了一切包袱,重重地呼了一口气,按在窗梢上的手轻轻一推,窗户便开了。室外刺骨的寒风涌进屋子,屋里身着单薄衣物的众人本能地缩起了脖子。

"她是我的老师。"东云乡背对着大家,颓败地开口,"从高二到高三,她一直是我的家教老师。明明没有比我年长多少,可她聪明、漂亮、开朗,对身边一切事物的热爱也很吸引人。我从她身上学到的不仅仅是书本里的知识,还有更多书本里没有的东西。不知道从什么时候开始,我把她当成了自己的偶像,当成了自己的理想,想要成为和她一样的女性。不,那还不够,我想要做她最好的朋友。"

东云乡娓娓诉说着关于她和娅希的故事,这个埋藏在她心里非常久非常久,从不愿和别人提起的故事。

"高考填志愿的时候,我决定去娅希老师的大学,因为我想追随她。可是,当这个梦想还在描绘的时候,却……"

却得到了娅希遇难的噩耗。

对东云乡来说,这应该是她最痛苦的回忆了,是无论多少次都不愿意回想起来的事情。如果世界上有能让人马上失忆的药的话,东云乡一定会毫不犹豫地喝下去,把这些事情忘得一干二净,从此不再痛苦,不再悲伤。

胡娅莉同样浑身发抖,她压根不知道自己的姐姐居然有个这么爱她的学生。实际上,她和东云乡一样,同样无法平静地接受娅希的死。怀着对所谓意外遇难的怀疑和对姐姐的执着,她做了和东云乡一样的事情——考进娅希的大学,加入登山社团,偷偷寻找真相。

"我不相信娅希老师的死是个意外。因为她曾说过,社团有个学长在追求她。所以在她死后,我调查了社团所有的人,觉得徐凌度的嫌疑最大。我刻意接近徐凌度,发现他就是个道貌岸然的浑蛋,这个人渣对送上门的女孩可随便得不得了。为了从他那里找出娅希老师死亡的真相,我甚至做了他的情人。这栋别墅,我来过好多次了。徐凌度带很多女孩来过这儿幽会,我不是第一个,但很荣幸,却是最后一个!"

这时候,东云乡露出笑容来。刚认识她的时候,慕斯觉得她的笑容让人很舒服,会让人一下子就对她生出好感,她现在的笑容看起来是获得解脱之后的满足,却非常令人毛骨悚然。她的那些话着实令人不忍,为了挖掘敬爱之人死亡的真相,哪怕牺牲肉体也在所不惜。东云乡的这种执着太过可怕,也难怪她会为了报仇做出这么残忍的事情来。

"有一天,妒火中烧的邱冰容过来,说了很多难听的话……"

清楚邱冰容为人的人很轻易便能想象出歇斯底里的她会是什么样子,甚至连只认识了她不到一天的夏落和慕斯也能在脑海里勾勒出当时的情景——

"凌度和你不过是玩玩的,他对你说的那些甜言蜜语对每一个来这里的女人都说过,他会的花招多得很呢。你如果只是喜欢他的钱,你要多少我给你就是。不过你要是妄想有一天他会甩了我,和你在一起,那就——最好别动这种心思,登山遇难这种事,社团里也不是没有出过!"

邱冰容居然会把娅希遇难的事当做对东云乡的威胁讲出来,简直令人难以置信。但相比而言,东云乡接着所说的,听到这件事后的徐凌度的反应，则更加令人怒不可遏——

"冰容跟你说过这种话？这个贱人！那次也是这样跑去吵架，我还去劝架了……那女人也真是，自己没有站稳才滑下去，结果把我们都拖下水。喂，胡娅希的事情你是哪里听来的？我可什么错都没有啊，我当时拉住她了，要不是冰容那个疯女人突然咬我的手……别再问下去了，知道多了对你不好。冰容既然把话说到这地步了，我也没办法，家里已经决定好我们的婚事，老爸想借助她家在金融界的关系，我可没法甩了她。不过，反正你也是看中我的钱吧？要我包养你的话，可要看你自己的表现了，多少钱都没有问题！要是冰容那家伙死了就好了，再弄一次遇难的事故说不定也行……"

东云乡转过身，讲述过去的事让她的内心一直在撕扯。她的面容扭曲了，那根本不是心智正常的人应该有的表情，那是邪恶的、苦难的，并且无比疯狂的表情。

"我不能放过这两人！呵呵呵呵呵呵，绝对不能放过这样的人！把感情当作交易，把人命看成无所谓的东西，好人的嘴脸全是伪装出来的,他不过是个笼络人心、把人当成棋子对待的伪君子!这种人怎么配活在世界上!从那一刻起,我就把灵魂卖给魔鬼了。我发誓一定要让这两个人渣尝尝人世间最痛苦的死法!要让他们体验到和娅希一样的痛苦,不,还要更加绝望!更加生不如死!看着他们两个在我面前死去真是我这辈子最开心的事情了!"

"这人已经疯了……"

慕斯很想哭,并不是因为听到了整个事件的真相和东云乡内心的那种痛苦,而是因为不忍心东云乡被仇恨折磨成这样。那两个人本来应该受到惩罚的,但绝对不是以这种方式终结。东云乡明明是个很礼貌很温柔的人,为什么非要选择这条毁灭别人也毁灭自己的道路呢?

"当他们把娅希老师害死以后,对我来说,这个世界也已经毁了!为了给她报仇,杀多少人我都不会后悔的,徐凌度和邱冰容该死!想趁机敲诈的仇诚山同样该死!"

"简直……"听到这话的夏落怒不可遏,这是她最痛恨的辩解。

为了报仇而杀人,却还精心布局想逃脱嫌疑,到头来不想受到惩罚、不想赎罪,这种所谓的报仇,不过是为了掩饰自己的自私和卑劣罢了。

夏落还来不及骂出口,胡娅莉先爆发了:"人渣!姐姐怎么会教出你这种人!你和徐凌度、邱冰容是一样的人,你辜负了姐姐的期待!你这个大傻瓜!"

如果不是冯小菲拉住胡娅莉,这个看起来病弱的女孩绝对会冲上去扇东云乡的耳光。

"绝对不可能!我怎么会辜负娅希老师呢?你胡说!"

"你对她的依赖是病态的!你本该让那两个人活着!让他们在大牢里忏悔自己犯的罪!让他们被人看不起,被人唾骂,最后让他们明白害死别人的可怕后果是什么!你以为你是正义使者吗？你就是个杀人犯！你灵魂堕落，双手沾满血腥，姐姐不可能原谅你的！她最看不起的就是道貌岸然的家伙！如果她看得到你做出来的事，就算是在天堂，她也一定会永世地恨你！"胡娅莉说到这里，自己反而倒在冯小菲怀里泣不成声，她的眼泪是为了自己的姐姐，同时也为执迷不悟的东云乡。和胡娅莉一样，慕斯也忍不住哭起来。

"娅希老师不会的，她不会恨我的！你根本什么都不懂！"

"是你什么都不懂才对！你自己看！"胡娅莉用最后的力气把一本小本子砸出去，突如其来的小本子击中了东云乡的脸，让她趔趄着退了好几步。

"趁现在！"夏落也突然发难，冲上去抱住东云乡。她先前担心东云乡身上还藏着凶器，随时准备自杀或者伤害别人，直到胡娅莉让东云乡分了心，她才逮着机会上前擒住了东云乡。

夏落和她崇拜的福尔摩斯不同，擒拿武术只学了一点皮毛，这种情况还是需要别人的帮助。龚林杰也算有一点点良心，看到夏落冲上去抱住东云乡，自己也勇敢地上去抓住她的双手，章实川这种胆小鬼是不能指望了，冯小菲也自告奋勇上去抱住了东云乡的双脚。这下不管东云乡怎么挣扎，也无能为力了。

数个小时后，众人苦苦等待了两天的救援和警察终于来了。夏落把东云乡交给警方的时候，放晴后的阳光照在雪地上，反射出刺眼的白光，如同刺破黑暗的曙光。夏落和慕斯这才意识到，她们这趟差点通到地狱的滑雪旅行总算结束了。

尾声

这起发生在冰雾山庄内的诡异杀人案,并没有被大肆报导。可能是因为两名死者有钱有势的家族暗中有所操作吧,总之只是在新闻中被当成一般命案一笔带过而已。

某个风和日丽的日子,夏落在看守所见到了等待审判的东云乡。这女孩有一头漂亮的长发,放下来的时候非常妩媚动人。她在别墅里的时候,一直把头发盘成髻,后来夏落才意识到这是为了隐藏涂了毒的发卡,原本是为了袭击跑出房间的邱冰容而准备的,没想到在精虫上脑的仇诚山身上派上了用场。

尽管这个案子已经尘埃落定,刺骨的冬天也早已过去,但夏落对整个案件依然存在疑问，那个谜团盘旋在她心头，久久不能散去，所以她必须要向东云乡问清楚。

"那个杀人计划不是你自己想出来的吧？你虽然聪明，但还不至于能布这样的局。这种计划除非是异常冷血并且病态的人，否则不可能计算得这么周全。到底是什么人教你的？"

东云乡笑笑，对此避而不谈。

"现在说这些还有什么意义呢？反正我亲手杀了那三个人，报了娅希老师的仇。等死刑判下来，也不再会有人记得这件案子了。"

"你不后悔吗？犯下这样的罪，你心里痛快了，结果却让三个家庭陷入巨大的悲痛当中。"

"他们都该死！"东云乡露出恶狠狠的表情，连无辜冤死的仇诚山在内，她现在提起他们的名字依然不解恨，"我当然不后悔，给娅希老师报了仇，我现在一身轻松，这世界上少了三个人渣，空气都好闻了很多呢。"

夏落皱了皱眉头，对于东云乡自始至终没有反省自己的罪行这一表现，她相当生气，但这怒气并没有撒在东云乡身上。

夏落从自己包里拿出一个小本子，递给东云乡，对她说："这是那天胡娅莉要你看的东西，现在给你也不晚，希望你看过之后，能好好想清楚。"

东云乡接过夏落给她的本子，那是一个不起眼的笔记本，封面上有她熟悉的味道，那是娅希喜欢的熏香的味道。她摸索着封面，似乎能看到她们两个当初在一起的快乐时光，多么讽刺呢，现在一个不在人世，另一个远离人世。

她打开那本子，映入眼帘的是她熟悉的娅希的字，娟秀、柔和，个别字还带着小女孩般顽皮的上挑。东云乡细细读着每一个字，意识到这是娅希的日记，记录的内容每一页都是关于娅希的生活和梦想，还有她的学生东云乡的点滴。

东云乡读着读着，不知不觉竟已经泪流满面。其中一些内容让她露出甜蜜的笑容，但越往后，她的表情就越惊讶，这惊讶随后又转变为懊悔,最后变成了自责,于是她呜咽哭起来。先是低声的啜泣,最后实在控制不住那悲伤,泪水像洪水决堤一般嚎啕大哭。她的哭声非常沉重,好像整个世界都压在她背上,可她不是宣称过,自从娅希死后,她的世界已经毁灭了吗?

夏落知道自己不需要再说什么,于是站起来离开。

"对不起!"

夏落听到背后东云乡的模糊的声音。

"夏落,对不起……"

"你应该好好道歉的,是那些被你杀害的人,还有一直疼爱着那个善良的你的娅希。"夏落留下这句话,快步走了出去。

在踏出门的那一刻,东云乡突然对夏落喊了一句话。夏落发誓自己绝对没有听错,并且从今往后的整个人生当中,也不会忘记这句话——

"是一个叫'莫亚'的人,教给我这个计划的……"

福尔摩斯最大的敌人——莫里亚蒂吗……

走出看守所,外面阳光明媚,和里面的阴冷压抑对比,恍若隔世。夏落站在看守所外的太阳底下,看到慕斯站在几米外的树荫下等她。

"又让你哥帮忙了?"慕斯问夏落。

"嗯。"夏落点点头。

"你和她聊过了?"

"是啊,聊过了。"

"太好了。"慕斯高兴起来,"夏落,你真的很厉害,对犯罪的人会穷追不舍,又能轻易原谅那些愿意赎罪的人。我到现在都不知道要怎么面对东云乡,之前明明很喜欢她,可她却做出那样的事。"

两个人沿着马路悠哉地往前走,天气这么好,小小地散个步似乎也不错,夏落很顽皮地挽起慕斯的手,像个黏人的女朋友。

"慕斯,我说过的,做侦探无法完全信任一个人,哪怕是身边至亲也做不到。但,我知道有些人可以依靠,也知道他们的悔过可以让他们找回善良。"

"可还是很不可思议呢。哎,跟我说说你破的第一个案子吧,冯小菲说的那个什么莱什么的歌剧院杀人案。"

"你想知道?"

"当然啊,那是你的成名之战。"

"等时机成熟的时候我会告诉你的,但不是现在。"

"为什么啊?难道对我不信任?我不会到处去说的啦。"

"不，只是以你的脑子，我说了，你也不会懂其中的关键。"

"小看我！我可是会生气的哦！"

"那……作为补偿，我告诉你胡娅希那本日记里的内容好了，也能满足一下你的好奇心。"

"日记？那是别人的隐私，我才不想知道！"

"真不想知道？"

"好吧，说一点点给我听。"

"既然你都表示没兴趣了，勉强告诉你也没意思。"

"喂喂！我可是已经做好准备洗耳恭听了啊！"

"我已经没有心情咯。"

"你赖皮！"

图书在版编目（CIP）数据

　　少女福尔摩斯．3，冰雾山庄杀人事件／皇帝陛下的玉米著．-- 上海：上海社会科学院出版社，2019
　　ISBN 978-7-5520-2769-3

　　Ⅰ．①少… Ⅱ．①皇… Ⅲ．①侦探小说－中国－当代 Ⅳ．① I247.5

　　中国版本图书馆CIP数据核字（2019）第097912号

少女福尔摩斯．3，冰雾山庄杀人事件

著　　　者：	皇帝陛下的玉米
责编编辑：	王　勤
封面设计：	人马设计
出版发行：	上海社会科学院出版社
	上海顺昌路622号　邮编200025
	电话总机 021-63315900　销售热线 021-53063735
	http://www.sassp.org.cn　E-mail:sassp@sass.org.cn
印　　　刷：	上海盛通时代印刷有限公司印刷
开　　　本：	890×1240毫米　1/32 开
印　　　张：	6.25
字　　　数：	104千字
版　　　次：	2019年7月第一版　2019年7月第一次印刷

ISBN 978-7-5520-2769-3/I・332　　　　　　　　定价：39.80元

版权所有　翻印必究